・ミステリ

고은

夜間旅行者

밤의 여행자들

ユン・ゴウン
カン・バンファ訳

TOKYO
HAYAKAWA
BOOKS

A HAYAKAWA
POCKET MYSTERY BOOK

밤의 여행자들
BAMEUI YEOHAENGJADEUL
by
윤고은 (*YUN KO-EUN*)

Originally published in Korea by
MINUMSA Publishing Co., Ltd.
Translated by
BANG-HWA KANG
First published 2023 in Japan by
HAYAKAWA PUBLISHING, INC.
This book is published in Japan by
direct arrangement with
MINUMSA PUBLISHING CO., LTD.
c/o BARBARA J ZITWER AGENCY
& IMPRIMA KOREA AGENCY

This book is published with the support of
the Literature Translation Institute of Korea (LTI Korea).

装幀／水戸部 功
装画／ジグマー・ポルケ
「Der Arm (The Arm)」

目次

夜間旅行者

登場人物

コ・ヨナ……………………………首席トラベルプログラマー
キム・ジョグァン……………………ヨナの上司
ルー…………………………………ツアーガイド
ファン・ジュンモ……………………シナリオ作家
ラック………………………………ベルエポックの従業員
ポール………………………………謎の存在

一　ジャングル

北上するもの。
高気圧、桜、誰かの訃報。
南下するもの。
黄砂、ストライキ、ごみ。

この一週間のあいだに最高速度で移動したのは訃報だった。出棺が終われば効力を失う、消費期限が短いがために迅速なもの。

発信源は慶尚南道《キョンサンナムド》鎮海区《チネ》だった。よりによって、桜が咲きはじめる場所。とある午後の巨大な津波を受け、その地のありとあらゆる暮らしが突然、ぷつ。ぷつ。ぷつ。と途切れた。花を迎えに出ていた人も、歩行者も、日光浴をしていたビルも、海辺の街灯も、そのすべてが、てん。てん。てん。と難破した。

ヨナは金曜の午後、鎮海へ向かった。ヨナがトラベルプログラマーとして勤めている〈ジャングル〉に鎮海関連の商品はなかったが、じき導入されるはずだった。いま急がれるのは、鎮海市に慰問金とボランティアを派遣することだった。千人近いジャングルのスタッフから一万ウォンずつ集めた弔慰金を届け、鎮海市に心からのお見舞いを伝え、事態を把握するために、ヨナは週末を現地で過ごした。火山、地震、戦争、干ばつ、台風、津波など、災害はジャングルの分類法則によって大きく三十三タイプに分けられ、そこから百五十二の旅行商品が生まれた。ヨナは、鎮海の津波とボランティア活動を結びつけた商品を企画するつもりだった。

ソウルから鎮海へ下るより、ソウルに戻るまでのほうが時間がかかった。ヨナよりもう少し速いスピードで、花々が北上していた。南海岸の津波以降、ニュースでは天気予報と桜の開花状況を伝えたあと、崩壊した町がどこへ移動しているのかについても中継した。つまり、漂流ごみの予想ルートを。そこには捨てられた暮らしがあった。なかでも、プラスチックの類、腐らないもの、だが忘れ去られやすいもの。寿命は長くても、記憶には長く留まらないもの。この数日で、ごみはさらにもう少し南下した。海にあるのは同じだったが、昨日とは違う海上にあった。

ごみの予想ルートについて、様々な意見が飛び交った。太平洋のどこかにあるという、朝鮮半島の七倍もあるごみの島へ流れ着くだろうという声、二年後にはチリの沖合いを通過するだろうという声もあった。十年後の経路をいまから予想している人たちもいた。人々は総じて、ごみの移動ルートが自分たちの動線と重ならないことを願った。日常から危険要素を排除するように、ジャガイモの芽をえぐり取るように、体の奥から銃弾を取り除くように、人々は災害を振り払い、遠ざけたがった。ところが、そうして排除した危険要素にみずから近づいていく人たちもいた。彼らはサバイバルキットや自家発電機、非常用テントなどをそろえて、災害と呼ぶにふさわしい場所に足を運ぶ。そう、大海原を漂うごみの島をあえて訪れようとする人々もいるのだ。ジャングルは、そんな人たちのための旅行会社だった。

かつてはヨナもそんな旅行を夢見た。初めての旅先は長崎で、彼女をそこへ導いたのはガイドブックの一文だった。「この都市には原爆により、燃えたり爆風で首を吹き飛ばされた天使像がいくつもある。」そこに載っていたのは首のない天使像の場所だったが、ヨナが知りたかったのは首が吹き飛ばされた先だった。もとより、ヨナが知りたいことのほとんどは省略されているのが常だった。石から欠けて落ちた石ころ、下ごしらえした魚から剝がれ落ちた鱗、えぐり取ったジャガイモの芽や血の付いた銃弾、そういったものの現在。

ジャングルでは十年以上、災害を探し回って商品化する仕事をしてきた。だがそれは、ヨナの生まれ持った好奇心とは相容れないものだった。ヨナはただ、あらゆるものを数値化することに慣れていた。災害の頻度・規模、人命・財産被害がカラーグラフとなってヨナのデスクに貼られていた。その隣には世界地図と韓国の地図があり、地名の上に書き足されたメモのほとんどは、災害を読むのに必要なものだった。いまやヨナにとって、一部の地名は災害と同義語だった。ニューオーリンズではハリケーンの痕跡を、ニュージーランドでは都市を壊滅させた大地震を垣間見ることができ、チェルノブイリでは放射能放出によって生まれたゴーストタウンとフォールアウトによってできた赤い森を、ブラジルの貧民街では経済危機の現実を、スリランカや日本、プーケットでは津波の威力を、パキスタンでは大洪水を経験できた。突き詰めれば、災害のない都市などなかった。災害とは、どこにでも潜みうる鬱病のようなものだった。刺激が臨界点を超えればその膿が弾けることもあるが、うまい具合に隠れたまま一生涯を終えるケースもある。

世界では毎年、震度五・〇以上の地震が九百件ほど起き、三百座ほどの火山が爆発するという事実。それはヨナにとって、信号が青から赤に、あるいはその反対に変わるように自然なことだった。昨年、自然災害で死亡した人は二十万人近くにのぼる。この十年の年平均死亡者数が約十万人だったことからすれば、災害の頻度や規模が増大しているのはたしかだった。技術の向上により防止可能な災害の種類も増えてはいたが、同時に、新たな災害も生まれつづけていた。ともあれ、それは仕事だった。数多くの災害がヨナにとっては業務にすぎなかったから、時にはそれよりずっとささいな出来事であっても、ヨナの頭のなかでは巨大な災害と等しくなった。一見おかしな等価だが、実際にそうだった。

「課長、カスタマーセンターからの電話です」

後輩がヨナに電話を回した。いくつか機械的な言葉を口にする番だ。「お客様、キャンセルとなると手数料が発生いたします」だとか、「その点は約款に明示されております」だとか。これは正しくは、ヨナの仕事ではなかった。にもかかわらず、見えないところでデスクをずらされているかのように、ヨナはすでに何件も自分に回ってくる電話に出ていた。

「払い戻しはできません、お客様」

そう聞いた客の反応は目に見えていた。

「まだ三カ月もあるのに、違約金が百パーセントだなんておかしいですよ。子どもが病気なんですよ、なんで払い戻しができないんです？　キャンセルできない商品なんてありえるんですか？」

「キャンセルはできますが、すでに全額お支払いいただいた旅行代金はお返しできません」

「キャンセルはできるけど、金は返せない？　冗談じゃない。それなら予約時に全額払わなければよかったってことじゃないか。そうくるなら、消費者保護院に訴えさせてもらいますよ」

「消費者保護院におつなぎしましょうか？　でも、意味はないかと。こちらの商品はキャンセルの時期を問わず、払い戻しは百パーセント不可能だと約款に記されていますし、お客様もその条件で契約されています。サインもいただいていますよ。予約時に全額払う代わりに、本来の代金からかなり割引させていただいてますから、それほど悪い選択ではなかったかと思いますが。旅行をするなら、ベストのタイミング、ベストのお値段で予約されたわけです。こちらの商品をいま予約されるお客様は、同じ条件で三十五パーセントも割り増しになるんですよ」

「ちょっといいかな」

客の声がここへきて冷静になった。

「子どもが病気なんです。入院したんですよ。事情をくみとってキャンセルしてくれるのが当たり前じゃないんですか？」

「お望みならキャンセルは可能です」

「払い戻しは無理だけど？」

「おっしゃるとおりです」

「おたく、名前は？」

「お客様」

「名前を訊いてるんだよ。おたくのご丁寧な対応にはもううんざりだ。名前は？」

「コ・ヨナです」

電話はそこで切れた。相手が怒っていたのは明らかだが、それはヨナも同じだった。客は話し相手の職位が高ければ高いほど寛容になる傾向にあり、そのため、カスタマーセンターの電話がプログラマーに回ってくることがしばしばあった。腹立たしいのは、ヨナが破竹の勢いで仕事を進めていたころはこういった電話にかかずらう暇さえなかったうえ、会社もそんなことは許さなかったという点だ。ヨナは会社のブレーンであって、〝口〟ではなかった。

業務内容が少しずつ変わっていくのもイエローカードの一形態であるとは知らなかった。イエローカードの存在については入社初期から知っていた。それは警告というより、亀裂の始まりを知らせるアラームに近かった。ひとたびイエローカードを受ければ、天地がひっくり返るほどの大事件がない限り、その瞬間から始まる転落を防ぐことはできない。ヨナは本当に黄色いカードが郵便やメール、あるいは人づてに届くのではないかと思っていたが、イエローカードはそんなふうに登場するものではなかった。どこまでも微細に巧妙に、だが当事者にとっては会社生活にはっきりと危機を感じるかたちで現れるのだった。

イエローカードを受けた人には、そうして様変わりした業務環境で必死に働くか、それともわかりやすく反感を示すかの、ふたつの道があった。突如の転落から五年間めげずに耐え抜き、もとのポジションに復帰した人もいた。かつて部下だった者たちは、自分の上司になっていた。もとどおりにはなったものの、長くは続かなかった。体を壊したのだ。イエローカードの衝撃と波乱万丈の五年間、その動線が頭のなかに腫瘍を生んだのかもしれない。それが誰なのか、ヨナは知らなかった。〝隣チームの部長の話〟だと風の噂に聞いただけで。

最近のヨナは出社するたび、自分がタンポポの綿毛のように偶然会社に入り込んでいるような気になった。自分の席であることはたしかなのに、ふとしたことから今日一日だけそこに座っているかのような居心地の悪さ。新入社員たちが物乞いのように廊下を行き交うのを見るたび、不安になった。ヨナがそんなことを言ったのは、休憩室で親しい同僚数人と愚痴を言い合う状況にあったからだ。ぽんぽんと飛び出していた言葉が、ヨナの発言に至ってぱたりとやんだ。ごみ箱にティッシュを投げ捨てるようにひょいひょい言葉を交わしていた人たちが、真顔になってヨナに尋ねた。

「なにかあったの？　どうかした？」

自分だけが深刻な状況に追い込まれている気がして、ヨナは慌ててごまかした。だが本当は、数日前、なにかあることはあった。会議の時間に合わせて行ってみると、そこには誰もいなかったのだ。向こうから、後輩が目を丸くして近づいてきた。

「会議じゃなかったの？」

空っぽの会議室を出ながらそう訊くと、後輩は目配せをしながら言った。「今日はパウルですから」

「パウル？」と訊き返すと、後輩は「そうなんですよね」と答えた。〝パウル〟とは、どういう意味の新語だろう？　それとも、略語か隠語？　そういえば、前日に隣の部署に行ったときも「パウルのせいですよ」という言葉を耳にした。つられて「ええ」と受け流したために、「ところでなんですかそれ」と尋ねるタイミングを逃してしまった。単語の意味よりも、それがどういうシチュエーションで使われているのかをつきとめればいいと思っていたが、まったくピンとこなかった。もちろん誰かに尋ねてもいいのだけれど、知らないことを自分からさらけ出すのも気が進まなかった。困ったのは、ほかの人たちは意味を知っているのか、頻繁に口にするという点だった。

　後輩はすたすたと遠ざかっていき、ヨナは空っぽの会議室をぼんやりと見ていたが、やがてエレベーターに向かった。会議が終われば、人々はこらえていた欲求をトイレや喫煙室で排出するものだが、その日のヨナは会議を終えたわけでもないのに、エレベーターのなかで疲れきっていた。そのとき、同じエレベーターにキムが乗ってきた。そしてドアが閉まるなり、ヨナに言った。

「ジョンソンがよろしく伝えてくれだとさ」

「誰ですか?」

「ジョンソンだよ、わたしのジョンソン」

　キムの指がさしていたのは、自分の股間だった。そこは二十一階から三階へ下りていくエレベーターのなかで、キムとヨナのふたりきりだった。キムの手はヨナに驚く隙も与えないまま、お尻をつかんだ。ヨナのお尻を。誤ってではなく、故意に。故意であることがばれてもかまわないというしぐさで。

「君、まだ若いだろう。そんなにものわかりが悪くてどうする?」

　ヨナはできるだけ自然に身をかわして、キムの手から逃れた。キムが、今度はヨナのブラウスのなかに手をつっこんだ。ヨナは愕然とした。キムの別の一面を見たからではない。上司にセクハラを受けたからでもない。ヨナの知るところによれば、キムがセクハラの対象にするのは落ち目になった人間だけなのだった。イエローカードを受けたか、そのうち受ける予定の人たち。もしかすると、キムのセクハラ自体がイエローカードなのかもしれなかった。

ヨナは頑なに身をかわそうとしたが、背後の防犯カメラが気になった。後ろ姿だけでも何事も起こっていないように見せたかった。知られたくなかった。防犯カメラは二十四時間眠ることを知らず、エレベーターはいつ開いて内部を公開するかわからない。それにもかかわらずキムがここまで厚かましく振る舞うのは、ばれてもかまわないことを意味していた。と同時に、徹底してヨナを無視する行為でもあった。そのときエレベーターが開き、数人の社員が乗ってきた。キムの手はすでにヨナの胸ではなく、自分のポケットに収まっていた。キムはしかし、ほかの人に聞こえるか聞こえないかぐらいの小声でこう言った。

「いいか、もっと言葉に敏感にならないと。時代の言葉を知らないってのは、〝わたしは取り残されてもかまいません!〟と顔に書いて歩いてるようなもんだからな」

キムが降りると、エレベーターに残された人たちがヨナを一瞥した。キムはその後も二度、ヨナのスカートのなかに冷たい手をつっこんできた。問題は手の温度ではなく手そのものだったが、その冷たさも鳥肌が立つほどいやだった。人事異動のたびにヨナを手元に置けるよう取り計らい、十年間直属の上司でいたキムだった。彼は有能な上司だった。正しくは、有能な上司というより有能な部下であり、おかげで有能な上司の役回りを保っていた。人事考課の半分はキムの手に握られており、彼は好き嫌いがはっきりしていた。気に入らない人間は限りなく小突き回した。放っておけば、キムはさらに大胆な手口に出るかもしれない。なにより怖いのは、自分がキムの新たなターゲットになったことをみんなに知られることだった。いっそキムがこっそりセクハラを行なってくれるなら、そして秘密が守られるなら、我慢してもいいと思った。ここまで考えて、ヨナはぶんぶんかぶりを振った。いまいちばんやりきれないのは、自分が三度も黙って耐えたことだった。どこかしら同調のにおいがした。それでも、同じ目に遭った人ならこの逡巡を理解してくれるだろうと考えた。

暑い春だった。その春を思い出すたび、まっさきに頭に浮かぶのは花でも葉でもなく、汗だった。ヨナは津波が押し寄せたその春、汗をかくほど奔走した。ところが収穫のときになると、キムに呼び出されてこう言われた。

「それはパウルだろう。君はこの企画から外れて、いまある商品の補強とチェックに回ってくれ」

その日の午後にヨナが任されたのは、いかにも新入りがやりそうな仕事だった。

「明日は会食といこうか。みんな忙しいときだが、こんなときほど余裕が必要だからな。今回はサムギョプサルじゃなくて、なにか特別なもので。コ課長、チームのみんなが食べたいものをまとめてくれないか」

書類好きのキムのせいで、ヨナのいる部署はほかの部署にくらべてA4用紙の減りがとりわけ早く、時には裏紙で書類を作るはめにもなった。ヨナは会食のメニューを決めるためにみんなの意見を聞き、それを文書化してキムに提出した。しかしその書類とそこに記された結果は、当日の朝、「サムギョプサルでいいだろ」というキムのひとことで水泡に帰した。そんなふうに数日が過ぎた。コピー係でなければ電話係だった。気づくと、〈あなたの死亡日を教えます〉とかいうサイトにアクセスしていた。細かい個人情報を入力し、死の計算機のボタンをクリックした瞬間にヨナが受けた衝撃は、「あれ、前にもここにアクセスしてたんだ」、ただそれだけだった。

数字がどんどん減っていく画面に見覚えがあった。おそらくは数年前のある日も、自分はいまと同じように細かい個人情報を入力し、モニターの電子時計は休む間もなく時を数えていたはずだ。一秒、いや、それよりもっと小さな単位に分割されて徐々に尽きていく人生が、赤裸々に中継されていた。彼女がこのサイトに入ったことを忘れて過ごしていた数年間、忘却の時間にあっても人生の時計は一度も停まらなかった。ヨナがいままた同じような好奇心に駆られ、またもや数字の下降に驚いているあいだも、時間は短縮しつづけていた。

ヨナはすぐに底を尽きそうな数字の前に座って、よくよく考えてみた。結局、運命を分かつのは一瞬の判断だ。忘年会で火事が起きたとき、遺体が最も多く見つかるのはクロークだというではないか。単純に習慣のせいとはいえど、生死の岐路で多くの人々がクロークに駆け込み、そのほとんどが圧死する。火事が起きたら、地面が揺れたら、サイレンが鳴ったら、ただちにすべてを打ち切って逃げなければならない。コートを取りに行ったり、バッグをつかんだり、ノートパソコンのデータを保存したり、携帯電話のボタンを押したりというささいな行動が生死の分かれ目になるのだ。

いま自分の身に起こっているのが災害なら、どんな行動が自分をこの状況に追い込んだのか振り返ってみる必要がある。ささいでありながら見過ごせないなにかによって、いま自分はイエローカードの対象になっているのかもしれない。キムからセクハラを受ける前の状況はうまく思い出せない。いずれにせよ、いま感じている居心地の悪さはキムに由来している。ヨナは退勤後、社内相談窓口にメールを送った。すぐに返信が来た。相談窓口のチェが夕食をおごると言う。

チェはジャングルでは珍しい、年配の女性だった。だから社内の人という気がせず、一緒にいてリラックスできた。なにが好きなのかと訊かれれば、いったんすべてを忘れてメニュー選びに集中できるほどに。選んだのは、平壌《ピョンヤン》式冷麺とゆで肉《スユク》だった。チェはヨナの同意を得てから、焼酎《ソジュ》も一本頼んだ。

ヨナは重たい口を開いた。

「メールでお伝えしたように、プログラム3チームの、キム・ジョグァンチーフのことなんですが」

「またあのクソ野郎ね!」

チェの反応にヨナは驚いたが、おかげで話はスムーズに進んだ。チェは、ヨナの気持ちはよくわかると言い、こう続けた。

「キムチーフ絡みのトラブルはひとつやふたつじゃないもの。こっちも頭が痛いのよ」

「敵が多そうですね、キムチーフには」

「敵といえば敵だけど、そう呼ぶのもためらわれるほどのパワー差でしょう。ゾウとアリが戦ってるようなもの」

「ご存じですか？　キムチーフが手を出すのは落ち目になった人間だけ、っていう話」

ヨナが本当に知りたいのはそこだった。

「さあ。わたしが知ってるのは相談を申し込んだ人のケースに限られてるけど、だとしたら、結果ありきの噂ともいえるわね。キムチーフとやり合って残れる人なんてそういないでしょうから」

二時間後、焼酎がもう二、三本空いたころ、チェが言った。

「ヨナさん、実の妹みたいに思えるから言うんだけど……水に流してはどう？」

ヨナは酒を喉に流し込んだ。水に流すとはそういう意味ではないと、ヨナにもわかっていた。チェが再び口を開いた。

「ざらにあることよ。告発して問題にするのもいいけど、長い目で見れば、結局つらいのはヨナさんだけ。それに、あの古だぬきはうまくすり抜けるすべを知ってる。こんなこと言いたくないけど、寺がいやなら坊主のほうが去るしかないってことわざがぴったりなのよ」

ヨナには相手の言葉を聞きながらこくこくうなずく癖があり、それはどちらかというと好ましい態度として評価されてきた。チェもまたその反応をヨナが納得したものと受け取り、よかったよかったとヨナの肩を叩いた。焼酎をもう一本空けると、本当にそうなった。

　社内相談については秘密が保障されるという話だったが、同じ被害者間ではそれも例外らしかった。数日後、メッセンジャーでヨナに連絡してきたのは、彼らの言葉を借りれば「連帯するべき」仲の人たちだった。四人が（なかには男もいた）会社の外でヨナを待っていた。そうして会社からずいぶん遠い飲食店で、彼らと向き合った。なぜ自分に会いに来たのか、おおよその見当はついていた。

「この機会にキムチーフを追い込みましょう。二年前にも同じ試みがありましたが、準備不足のまま事を起こしたせいで、被害者側だけがダメージを負って終わったんです。そこで今回は準備を徹底しました。コ課長もわれわれと同じように悩まれていると聞いて複雑な気持ちですが、一方では心強くもあります」

　早い話がキムを告発しようというのだが、集まっていたのはさえない顔ばかりだった。彼らの話を聞いているうちに、キムのセクハラ対象に関する噂はなまじ嘘じゃなさそうだという気がしてきた。ヨナはそのなかでいちばん職位が高かった。よりにもよってそうだった。彼らはヨナが首席プログラマーであるという事実に多大な慰めを得ている様子だったが、ヨナにとってこの集団はキムと同じくらいうとましい存在だった。こうしてみると、自分は〝たった〟三回しか被害に遭っていないのだとさえ思えた。彼らのなかには、もっと露骨な、もっと深刻な被害を受けた人たちもいる。そこに交じるには、ヨナはまだ〝無傷〟も同じだった。いちばん切羽詰まっていそうな男が言った。

「来週月曜日に、会社のロビーでデモを行なう予定です。被害者に罪はありません、われわれは胸を張ればいいんです。恥じ入るべきはキム・ジョグァン、あいつなんですから。参加してください、課長」

「どうも誤解されてるようです。穏やかでないことがあったのは事実ですが、セクハラとまでは言えません。わたしが取り違えていた部分もありますし」

ヨナの言葉に、一同はやや当惑したようだった。切羽詰まった男が言った。

「課長、われわれも見ました」

今度はヨナが当惑する番だった。

「社内にはものすごい数の防犯カメラがあります。課長以外の全員に筒抜けってことだってありえますよ。お気持ちはわかりますが、隠せばよけいに悪くなるだけです、われわれの立場が」

ヨナはその〝われわれ〟という言葉がわずらわしかった。約束を言い訳にその場を立とうとした。

「困惑されているのはわかります。でも、こういうときほど力を合わせるべきではありませんか。こちらからまたご連絡します。考える時間も必要でしょうから」

ヨナはわかったとだけ答え、そそくさと席を立った。引き戸を開けて外へ出てみると、靴がなかった。そのせいでひと悶着あった。そこは通路づたいに個室が並ぶ店で、ほかの部屋の客か誰かがヨナの靴を履いていってしまったらしい。

「だから靴は靴箱に入れておいてくださらないと。最近こんなことばっかりで参っちゃいますよ、ほんと。ハァ、どうしたもんかしらねえ」

店主が必要以上に騒ぎ、そのせいで個室のドアが開いた。なかから負け犬のひとりが、約束がおありなら急いで靴を買ってきましょうか、と言った。ヨナは最後まで断り、ひとまず店のちんけなサンダルを借りて、その場を逃れた。

失くした靴は、一・五足で買ったものだった。つまり、一足買うと右の靴をもうひとつもらえる靴だった。あそこで盗まれていなければ、家に右の靴だけぽつんと残ることもなかったはずだ。残された半足はあの集団を思い出させ、キムを思い出させた。

メールと電話がもう数回届いたが、ヨナは沈黙した。自分がセクハラに遭ったことを既成事実にしたくなかった。胸を張る被害者となってロビーに立ち、キムを攻撃したくもなかった。より正確には、セクハラされた集団、すなわち、落ち目になった負け犬、出来損ないどもと一緒にされたくなかった。ヨナが仲間入りしそうにないとわかると、彼らは諦めて引き下がった。ほどなく、出勤していたヨナはロビーで、横断幕を手に立っている人たちに出くわした。彼らは顔を隠していなかったが、ヨナは思わず顔を隠した。数日後、デモに参加した全員が懲戒処分を受けた。その日ヨナは、残りの半足を捨てた。

「頼むから、ですって」

後輩がカスタマーセンターから回ってきた電話をつなぎながら言った。電話の向こうで男は、「頼むからどうにかなりませんか？」と何度も言った。頼むからキャンセルできませんか、というのだった。頼むから旅行に出てくれませんか、と言い返したかったヨナは、次の男の言葉を聞いて言葉を失った。一緒に行こうとしていた人が死んだと言うのだ。

「直系のご家族ですか？　その方は」

「いえ、違います」

「こちらで確認して、改めてご連絡します」

ヨナはわけもなく、男の電話番号をもう一度確かめてから電話を切った。だが、どこに確認するというのか。この旅行に関するキャンセルの可否は、ひとえにヨナにかかっている。その気にさえなれば、ヨナは手数料も取らずにこの旅行をキャンセルにできるものの、当然ながら会社が納得するような事由ではなかった。だが、人が死んだというのに、旅行などしている場合だろうか。ヨナは男の旅行をキャンセルしてやろうと思った。ところがその日の午後、鎮海旅行の商品パンフレットが隣接部署の同僚の名前付きでヨナのデスクに届き、ヨナは頭がかっかとほてるようだった。これ以上はとうてい座っていられないと思い、少し早く退社した。

ヨナは普段、みっつの地下鉄路線を利用して帰宅した。ふたつの路線だけを利用することもできた。帰宅ルートはこの数年でぐっと増えた。駅と駅の間隔はどんどん密になり、新しい路線ができ、既存の路線は隣の都市へ向けて拡充されていったからだ。どの路線を利用するかでわずかな差はあっても、会社から自宅までかかる時間は徐々に縮まっていた。距離は変わらず駅数は増えているのに、と思うと不思議だった。だが気分的には、なぜか路線がいっそう長く、いっそう退屈になったように感じられた。こんなにも地下鉄が増えているのに、帰り道はいつも満員であることにも疲れていた。都市が大きくなれば、それだけ多くの人がぎゅうぎゅう押し掛けてきた。そのとき、電話の着信があった。午前中に電話をかけてきた例の男だった。一緒に旅行しようとしていた人が死んだとか言っていた。とうてい旅行などできそうにないからキャンセルしたいと。ヨナは、退勤後にまで連絡してくるこの男にも腹が立ったが、それよりも、退勤した人の携帯番号を教えるジャングルのほうを恨めしく思った。そして、自分の処理を待っている男に対し、こんな判決を下した。

「払い戻しはご本人の死亡時にのみ適用されます」

ヨナは、巨大な人波に押し流されながらそう言った。ですから、同行されるはずだった方の払い戻しとキャンセルは可能ですが、お客様の場合は旅行に出ていただくか、あるいは払い戻しなしでのキャンセルとなります、と。男は電話を切った。ヨナは地下鉄の路線図を見上げた。もうすぐ開通する路線が、ぐん。ぐん。ぐん。と喉を締め付けてくる。すでに通っている路線はますます延びていった。ヨナは地下鉄の端っこを火であぶってやりたかった。布の端を火であぶるように、これ以上ほつれないように。

夏が始まりつつあった。花は散って久しく、そこから黒い実が地面に落ちた。黒い実の身投げで歩道のブロックはあざだらけになった。ヨナはついに退職願を出した。

「正直に言ってみろ。休みが必要なのか、それとも職場を変えたいのか」

キムがコーヒーを出しながら言った。いいところを突いていた。

「少し休もうかと。体調もよくないので」

キムはうなずいた。もしかするとヨナの返答も、何度となくくり返されてきたものかもしれない。

「だからって簡単に君を送り出すこともできないな」

ヨナは黙って床を見つめた。

「こうしようじゃないか。ひと月休暇をやるから、休みがてら数週間旅をしてこい。会社の人間ではなく、消費者の立場でな。ちょうど、このまま続行するかどうか検討中の商品がいくつかあるから、そこからひとつ選ぶといい。経費は出張費として処理しよう。君は旅行から戻って報告書を書くだけでいい。十年がむしゃらに働いたんだ、疲れるのも当然だろう」

「そのあいだ、わたしの席が空席になりますが？」

「君からすれば休暇だが、会社からすれば出張扱いだから心配はいらない。君が行って判断してくれ。その意見を参考に、商品の存廃を決めようじゃないか」

「わたしが企画したものも含まれていますか？」

「ふむ、いや」

「それなら担当者でもないわたしが判断していいものか……」

「担当者が客観的な目で見られるか？　こういうことはちょいちょいあってね。今回の件はわたしが主管するんだし、君はわたしが頼りにしている首席プログラマーだ。出張にしちゃ大当たり、そうじゃないか？」

ヨナが意外そうな顔をすると、キムは軽い口調で言った。

「入社して十年目のころだ、わたしが付いていた上司も同じように計らってくれた。当時は当たり前に思ってたが、長くいてみるとずいぶんシビアな会社だとわかったよ。幸い今回はタイミングがよかった。会社からの長期勤続祝いだと思えばいい」

どのみち、本当に辞める覚悟で退職願を出したわけではなかった。そうでもしなければキムにますます見くびられるのではないかと、サインを送りたかっただけだ。ジャングルでの休息は読点ではなく、句点として通用していた。自分が枯渇したと感じると、人々は回り道として休職届を出し、そのまま戻らないことが多かった。そうかと思えば反対に、句点が読点として通用する場合もあった。少なくとも会社が引き留めたい人なら、必要な人なら、退職願を出すまで放っておきはしなかった。ヨナには確認が必要だった。そして、このあたりで暗黙の了解が成立したのだと考えた。キムの自分に対する悪行と引き換えに、大当たりの出張で手を打つというわけだ。キムがその瞬間、ヨナの腰にぽんぽんとタッチすることがなければ、先日のジョンソン発言さえ忘れるところだった。

ヨナはジャングルで販売中の旅行商品リストを眺めた。火山の赤黒いエナジー、大地の揺動、水の裁き-ノアの方舟、大惨事-恐怖の津波……。トップ十位までの人気商品のなかにヨナが企画したものはない。種を蒔き肥やしをやり、苦労の果てに別の担当者に引き継がれて、収穫だけできなかった商品はある。鎮海やら桜やらのワードが入ったタイトルを目にするだけで癪に障った。その商品はいま、七位にランクインしていた。濡れ手で粟とはこのことだ。担当者はいまごろふんふんと鼻歌を歌っているだろうと思うと、またもや怒りがこみ上げた。

旅行の選択肢は五つだった。その五つの脱落候補のなかにも、ヨナが企画したものはなかった。ヨナの実力は、最も人気のある商品と最も人気のない商品のあいだのどこかにあった。ヨナはカスタマーセンターの相談員に電話して、商品についての情報をもらうことにした。ヨナが五つの商品で迷っていると言うと、相談員は予想どおり、最も高い商品を勧めてきた。

「砂漠のシンクホールをご推薦します。ほかの商品に比べてお値段がやや高めなのは、ホテルのためなんです。新築のリゾートなのできれいですよ。休養を兼ねた商品といえます。火山に砂漠、温泉まで、みっつのテーマを一度にご堪能できるチャンスは珍しいですよ。二割ほど割高なぶん、お客様の満足度も高いかと」

いま自分が宣伝している商品の価値が二割以上下がり、存廃の危機にさらされていることを知らないもっともだ。

声だった。ともあれ、出張費として処理されるのだから、ヨナからすればいちばん高い商品を選ぶのが

〈砂漠のシンクホール〉は五泊六日の商品だった。目的地は〝ムイ〟、そこについてはインターネットで少し調べなければならなかった。ムイは、済州島《チェジュド》ほどの面積をもつ島国だった。ムイまではベトナムの南部を経由する。飛行機でホーチミン空港へ、そこからバスで港湾都市であるファンティエットへ、港からさらに船で三十分ほど行った先にある。どうして人気がないのかわかるような気がした。行きに一日、帰りに一日費やして目にする風景が、ほかのツアー商品より見応えがありそうには思えなかった。商品名のとおり、砂漠にシンクホールができたのは事実で、説明にもあるように、それはひじょうに〝恐ろしく悲しい〟風景かもしれないが、問題は現在そこが湖となり、これといって恐ろしそうにも、ユニークな風景にも映らないという点だ。いまや〝シンクホール〟といえば、世間の人々は二〇一〇年にグアテマラシティにできた、都心の真ん中に突如発生した深さ五百メートルの巨大な穴を思い浮かべる。

る。果たしてこの地域がそんな期待に応えられるものか、早くも疑いが芽生えていた。ヨナはついでに、自分が乗ることになる飛行機も検索してみた。それはたんに、習慣によるものだった。

欲は関心に比例する。その地名にじっと見入って地図をなぞるまでは豆粒ほどだった欲も、いったん関心をもって調べはじめると、そのぶん膨らむものだ。ヨナは久しぶりに、旅行が好きだから旅行会社に就職したことを思い出した。何度か海外出張もあったけれど、ヨナは主に国内で仕事をした。個人で

旅行することもできたものの、いざ休日になるとそうはならなかった。出張であれ旅行であれ、他国へ行くのだと思うと、長いあいだ閉めきられていた頭上の窓が少しばかり開く気がした。その隙間から、ひんやりと心地いい、新鮮な空気が流れ込んできた。

ヨナは久々にパスポートを取り出した。引き出しのなかには、いま使えるものからすでに有効期限の切れたものまで、全部で四つのパスポートがあった。初めてのパスポート写真は、パウル・クレーの自画像のように耳がなかった。写真の規格はその後、耳と眉毛が見える形に進化していった。はてさて、進化なのか退化なのかはわからなくとも、とにかくより多くのパーツを見せるほうへと変わっていた。まだ旅行のスケジュールが決まったわけでもないのに、ヨナはキャリーケースを出して、なかにパスポートとカメラを入れておいた。

世界をぷつりと切って断層をつくるのが災害だとしたら、カメラはその断層を実感させる道具だった。カメラがカシャリ、と鳴った瞬間、そこに写っているのはもはや人物でも風景でもない。時間の空白だ。時には、いま生きている時間よりも短い空白のほうが、わたしたちの人生に大きな影響力を行使することもある。ヨナは思った。もしかするとすべての旅は、始まる前にスタートラインを越えているのではないかと。旅とは、すでに始まっている歩みをたどるだけのもの。

時間は粘り強く流れ、ヨナは休暇の前に片付けておくべき業務を処理した。そのうちのひとつは、二度も電話で話した男の旅行を手数料なしでキャンセルすることだった。そのために五枚の書類を作成して提出するはめになったが、一見業務上の穴と思われたその出来事が、一方ではほっと息をつかせる空気穴のようにも思われた。

出発は七月頭。まだ一週間もあるというのに、ヨナはまるで急ぎの仕事を忘れていたかのような勢いで荷物を詰めていった。虫除けリングや常備薬、現地の子どもたちにあげる鉛筆とキャンディも入れた。便秘薬と下痢止めも。詰め込みながらも、こんなに必要だろうかと考えた。ようやくキャリーケースを閉じてからも、日に一度は開けることになった。追加で入れるものがあったり、いま使いたいものがあったりした。そんなふうにふたつの世界をまたぎながら数日過ごした末に、キャリーケースは出発の日の朝になってようやく完全に閉じられた。

ヨナはいま、自分が想像していた飛行機のなかにいた。毛布を首元まで引っ張り上げ、角のない窓を見つめた。眼下の風景は、てん。てん。てん。と灯る明かりでモザイクがかかっているかのようだった。上から見ると、都市はすでに飽和状態だった。高度肥満の都市を、そのなかにいるときは当然に感じていた。こうして離れた所から見下ろすと、すべてが取るに足らないことのように思えた。夜の飛行は快調だった。

二　砂漠のシンクホール

六人はかれこれ三時間、ベトナムの国道一号線上を漂っていた。彼らの乗ったバスは巨大なバイクの波に巻き込まれたまま、漂流ならぬ漂流を続けていた。バイクは行く先々の道で、停まっていたり走っていたりした。乗せる人を待っていたり、乗せる人を探してきょろきょろしていた。最大四人まで乗せて走るバイク、等間隔で掲げられた国旗、パンと麺がひとつのかごに収まった屋台が道端に規則的に登場する風景。軒下と門をひときわ美しく飾った二階屋、髪の毛の束のような電線がバスの窓外を一緒に流れていった。結婚披露宴を開いているにぎやかな庭をのぞいたり、連なるお墓に向かってシャッターを押したりしながら、一行は現地のいまを読んだ。

なかでもとりわけヨナの目を引いたのは、様々なかたちで道路を駆けていくハングルだった。〝スピード出前〟と書かれたチョッキや、〝危険物積載車両〟と書かれたTシャツが見えたかと思えば、〝自動ドア〃とあるべきところに〃自動ドマ〃と書かれたバスもあった。

「いまベトナムには、ソウルのバス路線図が貼られたままの車両も多いんですよ。韓国から中古車が輸出されてくるんですが、少しでもハングルが残っている車のほうがいい値がつくとか。それで、わざわざ韓国語を切り抜いて貼っている車も多いんです。よく見ると、意味はさておき、明らかなハングル文字があちこちで見つかるはずです。この前なんか、中央市場《チュンアンシジャン》を経由して景福宮《キョンボックン》と麻浦区庁《マポクチョン》へ向かうバスに乗ったんです。もちろん、実際の路線はそうじゃないんですが。おもしろいでしょう?」

ガイドはいかにも長時間移働のベテランらしく、エネルギッシュな人だった。名前を〃ルー〃といい、彼女は韓国人だったが、一年のうち十カ月ほどはベトナムやムイ、カンボジアなどに滞在しているらしい。なかでも、お気に入りはムイだと言う。ホテルが特別ゴージャスだからだ。

国道一号線が初めて海と接するのが、ベトナムの港湾都市、ファンティエットだ。ムイへ行くために通らねばならない関門。バスがファンティエットの大型スーパーの入り口に止まり、ガイドが助手席から身を起こした。

「ここで一時間ほど休憩をとります。ムイには大型スーパーがないので、必要なものやおやつを買いたい方はこちらでお願いします」

一時間後、バスに戻った人たちの袋の中身は似たり寄ったりだった。G7のコーヒー、オーラルBの歯ブラシ、ベトナムの焼酎ネップ・モイなどなど。歯ブラシは全員の袋に束で入っていた。ベトナムは歯ブラシがとくに安いのだとガイドに言われ、われもわれもと買ったのはいいが、災害地ツアーをしようという人間の買い物にしては日常的すぎるのではないかと数人から笑いが起こった。

「もしかするとムイの風景は、われわれが思うよりずっと日常的なのかもしれませんね」

ヨナに向かって男が言った。一行には男性がふたりいた。ひとりは除隊したばかりの大学生で、入隊したときからこの旅行を計画していたのだと言う。もうひとりは、見たところ四十前後と思いきや、ずっと若かった。彼はヨナとひとつしか変わらず、シナリオ作家をやっていると言う。ヨナに話しかけてきたのは彼だった。まだ映画化された作品はないが、二桁のシナリオが映画会社に買われ、本業よりもあれこれの副業で生計を立てているらしい。あとの女性ふたりは親子だった。女は小学校の教師で、五歳の娘を連れていた。そして今度は、ヨナに質問が集まった。

「まだ未婚でしょう?」

「歳はいくつ?」

「仕事はなにを?」

旅行会社の出張で来たとか、この商品は隣の部署の者が作ったのだとは言えなかった。前列に座っているガイドはもしや一行に関するデータをもっているのではないかとも思ったが、幸いルーが知っているのはパスポートの記載情報だけだった。ヨナは適当に言いつくろった。結果、三十三歳の小さなカフェ店主となったのだが、これはヨナがかねてより余分として想像を巡らせてきた人生だった。実際、ジャングルを辞める日が来るなら、ヨナはコーヒーやパイを売る店をやりたかった。

「じつはぼく、教育ローンを利用して来たんです。この旅はかなり値が張るでしょう？　ま、保険もたんまり出ることだし、この機会に親孝行するのもいいですよね」

冗談口調の大学生に対し、ガイドは真顔で言った。

「注意事項を守ってさえいれば事故は起きません。規則を破った事故の場合は補償を受けられませんよ」

「ああ、もちろん知ってますよ。ほんとを言うと、以前から公正旅行《フェア・トラベル》に興味があったんです。友だちはみんな、博物館やら宮殿やらを見に行ってるけど、ぼくはそういうのに興味がなくて。この旅行が終わったら、誰よりも一生懸命に生きてみるつもりです。もちろん、なにかあったらあったで親孝行になりますし」

大学生が言うと、ガイドが釘を刺すように言った。

「なにかあるなんてありえません。わたしどもジャングルのシステムは、そんなに頼りないものじゃありませんから」

大学生はふるふる首を振りながら、窓の外へ視線を移した。ヨナはその会話にふたつの盲点を見つけた。ひとつは、大学生が言うフェア・トラベルの様相をこの旅行に期待するのは難しいということ、もうひとつは、ジャングルのシステムが百パーセント安全を保障してはくれないということ。ヨナは、過去にジャングルであった不注意事故を思い浮かべた。片手に収まる数ではあったが、死亡事故があったのだ。強盗や交通事故、熱病などがその事由だったが、強盗や交通事故、熱病はツアー客がチョイスしたオプションではなかったはずだ。紹介されたことも、説明を受けたこともない災害。ヨナからすれば、ガイドは心ならずも嘘をついているわけだった。ルーの言葉は、本人が信じる範囲内で事実だったが、事故がなかったわけではない。ただ、噂が洩れ出なかったか、少しばかり届くのが遅いだけ。

塩辛のにおいが闇のように這い寄ってくるころ、一行は目的地に到着した。ヨナは深く息を吸い込んだ。このにおいはたぶん、ヌクマムね。本のなかの活字でしか知らないにおいだった。魚を発酵させた、塩辛の一種といえるヌクマムは、材料に少しずつ変化を加えながらこの一帯の食卓を占領していった。ムイという地は、そんなヌクマムを頼りにやっと生き延びていた。「ムイの朝は魚を水揚げする気配、ムイの夜はその魚が塩で発酵するにおいに満ちている」ガイドブックはこんな文句で始まっている。だが実際には、この一文は現在進行形ではなかった。いま、ムイの労働力のほとんどはベトナムへ流れている。いまやムイで嗅ぐことのできる生臭いヌクマムの香りは、ムイではなく、そこから程近いベトナムの港町ファンティエットから漂っているのだった。

いずれにせよ、ヨナはそのにおいが嫌いではなかった。誰かの家、どこかの村に入って嗅覚を刺激されるのは、最初の一瞬でしかないからだ。それを忘れてしまう環境にならない限り、最初に感じたその瞬間の嗅覚的刺激を毎度のようにキャッチするのは難しい。

バスはヤシの木が茂る道を走った。早くも薄闇に包まれているムイは、この道路の先に待っているものをたやすく教えてはくれない。夜が訪れて暗然とした、繁華街のひとつも見当たらない島。そのため、リゾートホテルの入り口がやけに明るく感じられた。バスは〈ベルエポック〉という名のホテルの前で止まった。〝プライベートビーチのある、全客室がオーシャンビューとなった天恵のリゾート〟だった。

「こんばんは。ムイへようこそ」

現地のマネージャーがなめらかな韓国語で一行を迎えた。ヨナはロビーを横切り、海を見渡した。バンガロースタイルの客室が海に浮かび、浜辺からバンガローまで二十メートルの距離を木橋がつないでいる。ヨナのバンガローはいちばん端だった。スタッフがドアを開け、バンガローの内部を紹介しはじめた。自動開閉カーテン、テレビとオーディオ、ミニバー、金庫、照明など、彼はよくある高級リゾートの内部を案内した。そして「このリゾートにしかない特別なもの」と言いながら、リモコンの最後のボタンを押した。それは客室のドアの脇にある、大きな目玉の形をしたオブジェを操作するためのものだった。

「このまぶたの加減でお客様のご意向を表すことができます。両目のまぶたを閉じておけば邪魔しないでほしいという意味、まぶたを開いておけば掃除を頼むという意味です」

夜は更け、人々はおのおののバンガローで初めての夜に適応しつつあった。バンガローの目玉はほとんどがDo not disturbを示していたものの、教師の部屋だけは開いたり閉じたりをくり返していた。子どもがガラス張りの壁にひっついて、リモコンを押しつづけていたのだ。

ヨナはソファに深々と腰かけた。白い寝具は清潔に見え、安心して飛び込めそうだった。バスタブのそばにはバラの花かごがあり、窓の外には数メートル下に海が眠っていた。久しぶりの休息だった。これは思ったよりいい旅になるかもしれないとヨナは思った。旅のあとに現地を懐かしむ気持ちをいまから感じている自分が不思議だった。人が旅行に期待すること、つまり、日常の空白によって軽くなる肩や予期しなかった変化、そういった可能性についてゆっくり考えるうち、客地での最初の夜が深まっていった。

朝の海は穏やかで、辺りは静かだった。朝食をとりに行く道すがら、ヨナの気分を害するものはなにもなかった。涼やかな波の音、心地いい陽射し。まだ早いのに、現地の人とおぼしき数人が庭の手入れをしていた。彼らはヨナに挨拶を投げてよこした。

レストランは、ヨナがひとりめの客のようだった。ヨナはいちばん見晴らしのいい席へ案内された。コーヒーと紅茶のうちコーヒーを、目玉焼きとオムレツとスクランブルエッグのうち目玉焼きを選んだ。片面だけ焼きますか、両面を焼きますかと訊かれ、ヨナは片面だけ焼いてくれと答えた。

「卵を片面だけ焼くか、両面焼くかだなんて。ああ、なんて幸せな悩みなんでしょう。そうじゃありませんか？　こういう悩みならいくらでも大歓迎だ。普段なら、卵のどこがどう焼けてるかなんて知ったこっちゃないし、焦げてないだけで万々歳なんだから。違いますか?」

いつの間にかヨナの向かいに座っていた作家が言った。ほどなくして、彼が注文したコーヒーと卵料理が運ばれてきた。彼はコーヒーをひと口含んでから言った。

「ここ、スタッフは二百人いるそうですよ」

「え、そんなに多いんですか? みんなどこに隠れてるのかしら」

「でも、どうも楽天的すぎるのか、仕事が遅いみたいです。ガイドに聞いたところでは、いちばん仕事のできるスタッフとそうでないスタッフの給料は十倍以上差があるとか。できるスタッフはひとりで十人分働くこともあるんだそうです」

「なるほど。昨日会ったマネージャーくらいになると高給取りなんでしょうね」

「マネージャーの給料は韓国ウォンで三百を超えるみたいです。ここの物価を考えれば破格の報酬だ。でも、このところ客が減ってるようですよ。いま泊まっているのもわれわれだけだし。ぼくとしては貸切みたいで嬉しいけど、食材なんかは在庫が滞らないか心配です」

彼は半月の形のオムレツをフォーク三突きで片付けた。席から見渡せる庭の手入れはいまだ続行中だ。

「たくさん食べておかないと。今日はハードスケジュールですよ」

「砂漠に行ったことが?」

「何度かあります。服選びが大事ですよ。砂漠じゃ、素肌に砂がこれでもかってくらい張り付くんです。

ほら、まるで、肉に塩胡椒で下味をつけるときの、あんな感じに」

作家はそう言いながら、ふた皿のオムレツを平らげた。食べるのも歩くのも、話すスピードも速い人だ。ふたりが食事を終えて席を立つころ、教師と子どもが現れ、最後に大学生とガイドが食事をした。ホテルでほかの客を見かけることはなかった。


砂漠は島の北側にあった。一行は二台の四輪駆動車に分かれて乗った。島の一周道路を走っていたのは彼らだけではなかった。現地の子どもたちがわらわらと駆け出して手を振り、走って車を追いかける子たちがいるかと思えば、牛の群れが道路を占領していたりもした。牛たちの体軀は、彼方に見える砂漠の稜線に似ていた。遠くにあった砂漠がいつの間にか、すぐ目の前まで迫っていた。

吹きつける砂嵐にはサングラスが役立ったが、砂漠の色合いをじかに感じたくて、ヨナはサングラスを外した。彼方に、白い砂漠と青黒いヤシの林が二色の国旗のようにくっきりと分かれて見える。青い海が現れると今度は三色の国旗となり、やがてみっつでは言い表せないほど多くの色を成した。砂漠はみずから分裂するかのごとく、数々の色をつくり出した。砂漠にも彩度と明度があるという事実、砂漠を語るには何万もの色が必要なのだと初めて知った。砂の色によって砂漠の色も移り変わり、名を変えた。白い砂漠があるかと思えば、赤い砂漠があった。同じ名で呼ばれても、その上を覆う雲の量や、雲に降り注ぐ陽射しの加減によって色が変わった。災害に見舞われた地域なのに、どうしたらこれほど平穏に見えるのだろう、ヨナは砂漠から目が離せなかった。

「ここがホワイトサンド、白い砂漠です。ムイでは昔から、カヌ族とウンダ族というふたつの部族が居住地を巡って争っていました。一九六三年、この砂漠でカヌ族は、農機具を使ってウンダ族の虐殺に出ました。居住地を奪われたことへの復讐でした。砂漠にはウンダ族の頭部が三百ほども転がっていたそうです。これを〝頭狩り〟と呼んでいます。その虐殺の夜から激しい雨が降りはじめ、三日後の日曜の朝、それは起きました。白い砂漠の一部が、ドリルで穴を開けたかのように丸く沈み込んだんです。当時は神の呪いだと思われていましたが、いまの人たちはそれがシンクホール現象で、砂漠でも起こりえる自然現象だと知っています。ともあれ、砂漠に転がっていた頭部はそのシンクホールに吸い込まれていきました。穴は深さ百八十メートルほどになったそうです。そんななか、カヌ族は村の方々で二度めの虐殺を始めました。いまはこんなに美しい砂漠ですが、かつてはそんな悲劇があったのです」

子どもはガイドの説明を聞きながら目を輝かせた。なにしろ、頭がてんこもりの穴だ。だが、想像した穴をその目でとらえることはできなかった。その後シンクホールには水が満ちてゆき、いまでは広い湖になっていたからだ。そこは〝頭の湖〟と呼ばれていたが、いまは頭の代わりにハスの花が浮かんでいた。穴は水で埋まってしまったと聞かされても、子どもは狩られた頭はどこにあるのかとしつこく尋ねた。写真はうすぼんやりとしたモノクロで、子どもには物足りないようだった。残る大人たちは一様に真剣な表情を浮かべていた。教師が、そういう歴史を二度とくり返さないのが自分たちがこの旅に参加した目的ではないかと言い、作家はうなずいた。

一行は湖を臨む休憩所で、しばし涼をとった。大きな瞳の子どもたちが寄ってきてなにかを売りはじめた。ブレスレット、笛、人形など。弟や妹を背負った子がいるかと思えば、厳しい陽射しを浴びている旅行客たちに大ぶりの傘をかざす子どももいた。外国人グループのなかに押し入ってきていた子どもたちが、ぎくっとして逃げていく場面もあった。休憩所の主人が子どもたちに険しい顔を向けると、しゅんとして一度は場を離れるものの、すぐに戻ってきて「ワンダラー」と叫んだ。

「あそこの、あれはなんですか」

ヨナが遠くに見える建造物について尋ねると、あれは赤い砂漠のほうだとガイドが答えた。あそこに塔を建てているのだと。あの塔が完成すれば、展望台から砂漠と海を見下ろせるのだと言ったが、塔が完成することはないはずだった。ヨナの知る限り、塔の工事は中断していた。業者は完工を諦めたと聞いている。ムイはあらゆる面で、停まっていた。

砂漠に対するヨナの第一印象は、触りたいという衝動だった。だが、砂漠のシルエットを触りたいと思い腕を伸ばしても、手のなかに残るのはひと握りの砂だけ。その渇きを癒そうとするように、ヨナも傾斜のある砂漠にのぼった。一行は、気づいたころには、いつの間にかそばに来ていた老いた女を追うようにして砂丘のてっぺんに立っていた。老女がヨナの背後からソリを押した。プラスチックの板のようなそれは、ソリにうってつけだった。子どもは何度となくソリで滑り下りた。

「この方は、一九六三年の頭狩りのご遺族です。いまはこの仕事で生計を立てていらっしゃるそうです」

ヨナは、深いしわの刻まれた、目がひどく落ち窪んでいて表情を読み取れない老いた女をカメラに収めたかった。カメラをかまえると、老いた女は「ワンダラー」と言った。だがいざモデルになってみると、やけに熱心にポーズをとるせいで、かえって絵にならなかった。最終的にものになったのは、老いた女がすべての仕事を終えて遠ざかっていく後ろ姿ぐらいだった。

子どもはバンガロー前の浜辺にしゃがみ込んでいた。と、いきなり数メール飛びすさった。さっきまで子どもがいた場所で、一見ダイナマイトのような筒型の爆竹が稲妻のごとく弾けた。遠くから教師が走ってきて、子どものお尻を叩きながら引っ張っていく。あんなものをどこで手に入れたのかという問いに、子どもは休憩所の子がくれたのだと答える。

ヨナは子どもがいた場所へ行ってみた。寿命の尽きた爆竹は端が黒く焦げ、周りには無数のアリが転がっていた。どうやら、アリ塚の頂上で火を点けたらしい。アリ以外の海の昆虫もあちこちにひっくり返っている。爆竹をごみ箱に捨て、しばらく辺りを歩いていたとき、母親をまいた子どもが駆け戻ってきた。子どもは犯罪現場に戻ってきた犯人のように、爆竹が刺さっていた場所を捜した。だが爆竹は抜かれて久しく、波はもう一歩ホテルに近づいていたので、その穴も埋まっていた。

「アリが痛がってるんじゃない？　ほかの子たちも怪我してたよ」

「頭、取れてた？」

ヨナは子どもの無邪気な表情を前に、どう答えていいものやら困った。子どもはヨナの返事など待っていないのか、四方に散っていくアリをせっせと踏み潰した。

「二度めの虐殺をしなきゃ」

「だめよ、虫を痛めつけちゃ。みんな一緒に暮らさないとね。そうじゃない？」

「あ！　アリが負傷者を運んでる。いまだ！」

子どもはそばに落ちていた木の枝でアリをブスブス突き刺した。コンクリートとは異なるふかふかした地面のせいで、アリがしきりに地面の下へ隠れてしまうのがおもしろくない様子だった。子どもが「ウンダ族のアリめ、殺してやる！」とつぶやくのを見たヨナは、災害ツアーに年齢制限を設けるべきではないかと考えた。子どもは依然、アリを〝虐殺〟していた。自分も小さいころは、コウロギやキリギリスを捕まえてカッターで腹を割いていたことがあった、とヨナは昔を思い浮かべた。

「でも、なんでこんなに虫がいるんだろう？　どんどん出てきてる」

子どもが言い終わるが早いか、大粒の雨が降ってきた。ヨナは子どもの手を取って、ホテルへ駆け込んだ。

皆はどしゃぶりの雨を観賞しながらティータイムを過ごしていた。マネージャーが練乳入りのコーヒーでもてなしてくれた。グラスのなかの氷の上に、コーヒーのしずくがとん。とん。とノックするかのように落ちた。それに静かに見入っているあいだ、時間もまた、とん。とん。と点を打つかのように立ち止まっていた。

「一歳になったころからずっと連れて歩いてるんです。赤ちゃんのときの旅行は記憶に残らないというのが定説だけれど、旅行から戻ると子どもの成長がはっきり見て取れるんですよ。絶対に食べなかったものを食べようとするとか、道具を使いはじめるとか、ひとりではできなかった行動を試すとか。それがわかるから、子どものためにも自然と、休暇のたびに旅行をしてるんです」

そう話していた教師は、自分の子どもがびしょ濡れになって入ってくるのを見て、がばっと立ち上がった。子どもにシャワーを浴びさせてくるからと、教師は席を空けた。今度は作家が言葉を継いだ。彼はもともとセントラリアに行くつもりだったのを、気が変わってここへ来たのだった。セントラリアは五十年も火災が続いているアメリカの町だ。小さな火が町の石炭の坑道に燃え移ってアスファルトが溶け落ち、大半の住民が町を離れた。

「『サイレントヒル』って映画のモデルになった町ですよね？　わたしも気になってたんですけど、地下の石炭が燃え尽きるにはあと二百五十年はかかるそうで、それならまだ時間はじゅうぶんだと思って」

ヨナの言葉に、作家が「なかなかお詳しい」と言い、だから自分も後回しにしたのだと添えた。作家は愉快そうに旅の知識をひけらかした。大学生はホテルの特定のエリアでのみ使えるＷｉ－Ｆｉに夢中になっていた。携帯のネット記事を読んでいた彼が口を開いた。

「バスケットボールが見つかったそうです。日本の沖合いで」

「バスケットボール？」

「鎮海で起きた津波の残骸ですよ。ある子どもが油性ペンで名前を書いておいたボールが、日本のとある沿岸で見つかったそうです。あっちに向かってるようですね」

「言われてみれば、わざわざ遠くまで災害を見に来るまでもないのか。韓国もいまとなっちゃ、津波の安全地帯じゃないんだし」

「南海岸一帯が壊滅しましたからね」

「なのにどうしてわたしたちはここまで来たんでしょう？」

いつの間にか戻っていた教師が訊いた。

「身近すぎると怖いからです。自分が毎日かぶって寝ている布団や毎日使っている食器とは、ある程度距離があったほうがより客観的になれると思いませんか？」

ヨナの言葉に、一同は共感しているようだった。会話はいましばらく続いた。彼らが災害ツアーについて膨大な知識と感想を出し合っていると、ガイドのひとことが、いまこの場所も災害ツアー先であることを思い出させた。

「明日は火山ツアーがあります。朝食後、午前十時にロビーに集まってください」

砂漠に行って以来、皆は適度に浮かれていた。だが、ハイライトを早々に見てしまったことになる。翌日からのプログラムは、ヨナには砂漠ほど感慨のあるものに思えなかった。起承転結のお粗末な、こんなスケジュールを組んだのは誰なのだろう。ヨナは、なぜここが構造調整の対象に挙げられたのかわかる気がした。


「さきほど申し上げた、ありとあらゆる混合物が地中深く呑み込まれていく過程を想像してみてください。このような地質学的カクテルはじつに驚くべきことです。さあ皆さん、そろそろ火山の入り口です。注意事項は忘れていませんね？　溶岩の上を歩かないこと。見た目には硬そうでも、なかはふつふつ煮えたぎっていますからね。実際、一九〇三年にアメリカ人観光客のひとりが命を落とし、五人が負傷しています。火山灰の雲は時速百キロで尾根づたいに下ってきます。内部の温度は数百度。巻き込まれれば生きたまま煮上がってしまう可能性もあります。五分以内にいいスープが取れるでしょうね。火山岩の表面はかみそりのように鋭いので、むやみに腰を下ろさないでください」

ガイドの言葉はむなしく響いた。火山の入り口に立てられた警告板が畳み掛けるように恐怖を喚起しようとしていたが、現場の雰囲気はそれらの言葉に追いついていなかった。少し離れた所で、現地の子どもたちが地べたを転げ回って遊んでいる。火山の入り口に並ぶ露店は、韓国じみたやり方で空腹をまぎらわせてくれた。様々なおやつ類の合間に、韓国のラーメンとパックご飯もあった。観光客なるものは彼らだけで、皆は一抹の責任感からそれらの食べ物を消費した。子どもたちは手作りの木工品や花を売っていた。時には木工品と記念はがき一、二枚をセットで売るというやり手もいた。記念はがきは単品でも売っていたが、写真のなかの風景はいまいる場所ではなかった。ヨナはインドネシアのムラピ火山の写真が堂々と売られているのを見て、ここが構造調整の対象であることを改めて実感した。

ガイドはまるで、お膳立てのそろわない祭りの最前線に立って祭りをアピールさせられているかのように疲れて見えた。ガイドはその昔、この山が噴火した当時のことを描写していたものの、自分の口が語っている光景をその目で見たことはないようだった。

「もう黙ってればいいのに。口ばかりじゃないか」

作家もがっかりした様子だった。

「でも、言われなかったらここが火山だとわかるかしら？　わたしにはさっぱり」

ヨナの言葉に教師が応じた。

「なんだか近所の湧き水スポットみたいじゃない？」

一行は湧き水スポットの上方からコインを投げた。コインをそっくり頂戴した間欠泉は、すでに冷めきっていた。ここへ来るまでのあいだ、彼らはまたも子どもたちの助けを借りた。子どもたちは彼らをひとりかふたりずつ巧みに馬に乗せ、花を一本ずつ握らせてから、火山の頂上へ導いた。馬のひづめの音がメトロノームのように軽快なリズムで鳴った。大学生は誤って花を落とした。その身投げは、ちょうど同じ重みの塵を宙に舞い上がらせ、そのまま別の馬のひづめの下敷きになった。

一行は噴火口の前に立ち、花を投げ入れながら写真を撮った。願い事をしたりもした。花は放物線を描きながら噴火口へ落ちていった。ヨナはごみの分別をしっかり済ませたような気になっただけで、それ以上のスリルは感じなかった。祝砲が打ち上がるように、どこかで灰白色の火山灰が噴き上がるのを待ちたいくらいだった。

教師はスケッチブックを二冊持参していた。子どものスケッチブックに、この旅のワンシーンワンシーンが生き生きしたレリーフのように刻まれることを期待してのことだった。しかし子どもはなかなか絵を描こうとせず、とうとう母親にお尻を引っぱたかれてからようやくスケッチブックを開いた。ところがその絵は、母親が期待したようなものではなかった。子どもが五枚連続で描き散らした絵は、一枚めにリゾートで食べたブラジリアンバーベキュー、五枚めには穴に転がる頭部が描かれていた。一枚目はこの旅の趣旨にまったくそぐわず、五枚めは見るからに不快だった。絵のなかの斬られた頭は、そろいもそろって笑っていた。しかも、どこかで見た顔ばかりだった。頭の数は、よりによって六つ。

「わたしたちだよ、お母さん！」

子どもはそんなふうに、要らない説明を添えた。教師はその絵が皆を不快にさせるのではないかと肩をすぼめた。絵を描いているあいだ、子どもがよけいな質問をしないのはありがたかったが、こうなると質問のほうがまだましな気がした。移動中の車のなかで、歩いている途中で、子どもは子どもらしく質問を連発した。その質問は、当初は場の空気を明るくしてもくれたが、そろそろ人々を苛立たせつつあった。ほぼすべてのことに対してしりとりでもするかのように質問を投げるので、いつからか子どもの母親だけでなく、ガイドまで適当に返すようになっていた。

最近の災害ツアーの多くは、災害そのものを見るに留まらず、なにかほかの要素を組み合わせる傾向にあった。観光とボランティアを組み合わせた商品や、観光とサバイバルプログラムを組み合わせた商品、観光と教育を組み合わせて、歴史や科学の授業を並行する商品もあった。教師は、今度もそういうものを選ぶべきだったのにとぼやいた。

「まったく、いまの子はズワイガニを捕まえて足を剝けば、なかに白い身が入ってると思ってるんだから。魚を捕まえて割けば焼けた身が出てくると思ってるし。リアルな体験をさせるには自然学習なんかがいちばんなのに、ここはなんだか趣旨がぼんやりしてるわね」

「お母さん、あれあれ、あれはなに？」

子どもがまたもや質問した。

「お母さん、あそこの黄色いトラック、あれはなに？　なんで走ってるの？」

トラックが走っている理由については母親も知らなかった。知っていたとしても、同じように答えたはずだ。

「お母さんには見えないけど」

「お母さん、あそこだってば。トラックがちょっと止まってから、また走ってる。すごいスピード」

「お母さんには見えないな」

「あれだってば、お母さん。今度は違う車が来た」

「お母さんには見えないけどなあ」

車は、母親を思いやってうんとスピードを上げた。ほかの人たちは寝ているのか寝ているふりをしているのか、目を閉じていた。子どもだけがなんで、なんで、なんでとくり返した。

災害ツアーを経験した人々の反応はおおかた、〝ショック→同情と憐憫、または気まずさ→自分が生きて暮らしていることへの感謝→責任感と教訓、または自分は生き残ったのだという優越感〟の順に現れる。どの段階まで心が動かされるかは人それぞれだが、詰まるところこの冒険を通じて得られるのは、災害に対する恐怖心であると同時に、自分がいま生きているという確信だった。つまりは、災害の間近まで行ったにもかかわらず自分は安全だった、という利己的な慰めなのだ。

しかしいま、砂漠のシンクホールというこの商品から、ヨナは災害ツアーのいかなる効果も実感できないでいた。あとは、残る一泊二日のホームステイに期待を託すしかない。一九六三年の頭狩りを、当時と同じ一泊二日で体験するというもので、ツアー客はふたつのオプションからひとつを選べた。

「居住地が多少異なりますので、ウンダ族の立場で過ごすか、カヌ族の立場で過ごすか選んでください。

お好きなほうを選んでいただいてけっこうですよ」

　教師と子どもはウンダ族を選び、作家と大学生はカヌ族を選んだ。理由はただひとつ、子どもを避けるためだ。作家はヨナに自分たちのほうへと誘ったが、ヨナはかえってそのためにウンダ族を選んだ。彼らはそうしてふた手に分かれ、四輪駆動車に乗り込んだ。ウンダ族の住まいは白い砂漠のすぐそばを流れる川の上にあった。

「ここが昨日、例のシンクホールで骸骨となって見つかったウンダ族の居住地です。水上家屋の形態ですね。観光収入の一部は、ウンダ族の子どもたちの教育や健康のサポートに使われています。村人の迷惑になったりトラブルが起きては困るので、あまり遠くへは行かないでください。お嬢ちゃんも、お母さんのそばを離れないようにね、いい？」

　子どもは唇を突き出しながら、母親の陰に隠れた。そうしてありもしないことを吐いた。

「お母さん、ガイドさんに頭を斬られちゃう」

　現地の人の自宅に一泊できるというのでわくわくしていたが、現実は厳しかった。ここには、ベルエポックリゾートにあったエアコンやふかふかのベッドなどなかった。なによりトイレはあまりにエコロジカルで、それさえも観光客のために別途に備えられたものだというから、不満に思うわけにもいかなかった。

「テレビはバッテリーで作動します。電気が通ってないんです。ほらあそこ、ボートの上に家がのっかってるでしょう？　雨期になると、人々はああやってボートに家を載せて引っ越してくるんです。もう雨期に入りましたからね」

窓越しに、水面を美容室が通り過ぎ、通学中の子どもたちが通り過ぎた。黒いゴムだらいに乗って水面を進む子どもは、ヨナの一行と目が合うなり、指でVサインをつくって見せた。

「まあ、きれいなお姉さん」

子どもが数人近づいてきて、椅子の上の埃を払ってくれた。子どもたちのおかげで、ここの椅子は埃が積もる暇もなさそうだった。

「この子たちは何ヵ国語を話せるんでしょう？」

ヨナが訊くと、教師は不慣そうな視線を子どもたちに投げながら答えた。

「この子たちが話せるのは、それぞれの国でいちばん美しい言葉でしょうね。誰の耳にも心地いい言葉。きれいだ、かわいい、かっこいい、そういう」

子どものひとりが、自分と同い年くらいの韓国人の子どもを見つけて近づき、きれいだとささやいた。子どもの眉毛を指しながら言ったのだが、教師の娘はどこか怯えた表情を浮かべた。あたかも、いましがた聞いた言葉で、眉毛とはなにかを初めて認識したかのように。

明るくかわいらしい子どもは場所を問わず人目を引くものだが、ここで最も多くの関心を集める子どもは明るくなかった。子どもの目は湖のように水で満ちていた。終始涙を浮かべたその子は、ヨナと目が合ったときも、教師と目が合ったときも、「お母さん？」とくり返した。ウンダ族の女性は憐れむようにその子を抱き締めながら言った。

「少し前に母親が亡くなったんです。この子はまだ知らなくて」

ウンダ族の女性は、子どもの祖母がシンクホールの危機をかろうじて免れた妊産婦だったこと、子どもの母親は遺伝性疾患で亡くなったことを教えてくれた。すべてがあの穴から始まったのだという事実が、ヨナの一行にずしりと迫ってきた。教師が腕を伸ばすと、子どもは「お母さん？」と言いながらよろりと身を預けた。教師の子どもはこの状況に違和感を感じたのか、寝そべっている犬のほうへ向かっていった。

年老いた犬はほとんどの時間、床に腹ばいになっていた。犬の背中すれすれの所にハンモックが掛かっていて、教師の子どもがそれに乗ってゆらゆら揺らすあいだも、犬はぴくりともしなかった。一九六三年の出来事を経験したはずもないが、その犬はなぜか、一九六三年から時が停まっているのではないかと思えた。カメラを向けても、表情ひとつ変えなかった。

一行を案内していたウンダ族の女性は、名前を〝ナム〟と言った。ナムに釣りから料理まで、食事の用意と食べ方についての紹介を聞きながら半日を過ごした。そして夕暮れ時になると、ナムはネイルアートの道具を持ってきてヨナの前に座った。ナムは英語がうまかった。

「ウンダ族の女性は、昔から手が器用でした。こういうのは、お手の物です」

豊かな表情が印象的な女性だった。他人の手と足に見入ることに慣れた人間と、他人に手と足を差し出すことに不慣れな人間が向き合って座っていた。手足の爪がひとつずつピンク色に染まっていく。外ではいまだに夕陽がぐるぐる回り、屋内では扇風機の風がぐるぐる回った。

夜が来た。ヨナはカメラを手に水上家屋の風景をレンズに収めた。湿気たベッド、絞殺された死体の舌のように垂れ下がる裸電球、そして錆びた屋根と、端《はな》からきっちり取り付けられてたまるかと心積もりしていたかのようなドアまで。湿気たベッドのせいか、ヨナはすぐに横になる気になれず、しばらく座っていた。最たるものはトイレだった。この暗くてじめじめした仮設トイレでお尻を剝くことになるとは、そして、この三日間の便秘がよりによってここで解消されるとは思いも寄らなかった。

教師にも災いが訪れた。子どものおもちゃをリゾートに忘れて来たのだが、一泊二日くらい平気だろうと思ったのが誤算だった。子どもはおもちゃを求めはしなかったものの、教師の手に負えなかった。子どもには年相応のおもちゃが必要だった。ガイドが小さなペンギン〝ポロロ〟の絵の付いたボールペンを差し出してみたが、五歳の子にとってポロロは用無しだった。青色のバス〝タヨ〟やロボットカー〝ポリー〟ならまだしも。タヨもポリーもないせいで子どもは徐々に散漫になり、夕食を終えて各自の部屋へ入るとさらに悪化した。子どもは水上家屋でリモコンを探しつづけ、それはどこかに備えられているだろう目玉のまぶたを閉じるためだった。どすどす足を踏み鳴らす子どもをあやすうち、教師はすっかり憔悴して正体もなく眠りこけた。ほどなく、リモコンを探しつづけて疲れた子どももその隣で眠りに落ちた。効果音か、はたまた夢か、夢うつつに何度か悲鳴が聞こえたが、外へ出てみる者はいなかった。

翌朝、夜が明けた直後に、ヨナの一行は荷造りをしなければならなかった。彼らをひと晩包み込んでくれた水上家屋は、すでに満身創痍になっていた。一九六三年のあの夜のように、ウンダ族の族長は夜のうちに殺され、その頭が玄関の前にぶら下がっていた。砂漠に血の付いた農機具が散らばり、斬られた頭が転がっていた。ウンダ族の女性が乱れた身なりで近づいてきて、すぐに逃げるよう言った。そこかしこに転がる頭部の脇を、ヨナは石ころを避けるようにして歩きはじめた。教師と子どもも歩きはじめた。後ろに続く数人はそのほとんどがジャングル一行の荷を担いでいて、どの子も十歳にも満たないのではないかと思われた。太陽が高度を上げるにつれ、砂漠も熱されていった。厚底のサンダルを履いていても、ヨナの足の裏は鉄板の上を歩くかのように熱かった。

それから彼らは、白い砂漠のいちばん高い所に立って、眼下でくり広げられる劇を見た。ウンダ族が、武器を握るカヌ族に刺され、押しやられ、捕まって倒れた。もちろん、一方的な戦には終わらなかった。ある瞬間、その全員が砂の穴へと引きずり込まれてしまったからだ。穴は効果音と小道具と照明によっておどろおどろしく見えるだけで、さほど危険そうではなかったが、人々が次々と足を取られたところでショーが終わり、場は雑然とした空気に包まれていた。向かい側に、カヌ族の女性と一緒に立っている作家と大学生が見えた。

別々の宿で過ごした一行がもとどおり集まったとき、彼らは、カヌ族を選ぼうがウンダ族を選ぼうが、宿や食事、日程はほとんど変わらなかったことを知った。彼らは水上家屋のなかで、互いにウンダ族かカヌ族の数人と挨拶を交わし、軽くお茶を楽しんだあと、伝統芸能を観て、同じ造りの部屋で寝たのだった。マッサージとネイルアート、釣りなどのプログラムが準備されていたのも同じだった。ほかにもあった。皆が皆、体の半分は蚊にやられた状態だった。

全員がいち早くホテルに戻りたがるなか、日程に遅れが出たのはヨナのためだった。ヨナが泊まった部屋の窓ガラスの一部が割れていたのだ。もともとそうだったのか、夜のあいだにそうなったのか、朝食の時間にそうなったのかもあやふやだった。割れた窓のおかげで得たのは異国の羽虫、失ったのはヨナのカメラだった。窓ガラスを調べていた作家が、誰かが器用にナイフで切り取ったようだと言った。ガイドは苦い表情を浮かべながらも、手際よく事を運んだ。まずは水上家屋を一軒ずつチェックすることにした。彼らが泊まっていた部屋はもちろん、近所の家まで調べて回った。一行のものではないカメラが三台見つかった。

「このなかにヨナさんのがあるか確かめてください」

確かめるより先に、四台めのカメラが出てきた。四台めがヨナのカメラだった。それを持ってきたのは、教師の子どもだった。子どもが告げ口するように言った。

「おばさんが朝、持ってろって言ったんだもん」

ヨナの顔がかっとほてった。ようやく思い出した。ヨナのカメラが見つかると、三台のカメラのうち一台を持っていたウンダ族の子どもがわっと泣きはじめた。ゴムだらいに乗って、指でVサインをつくっていた子だった。ヨナはほてった顔で頭を下げた。

「すみません。わたしの不注意からこんな騒ぎになってしまい……恥ずかしい限りです」

泣いている子どもに韓国語が聞き取れるはずもなかったが、ヨナにとって大事なのは旅の道連れに聞いてもらうことだった。ヨナはかばんからキャンディの袋を取り出し、まだ泣いている子どもに袋ごと渡した。そして逃げるように車に飛び乗った。車内に流れていた沈黙を破ったのは教師だった。教師がひとりごとのように、「あの暮らしぶりで、カメラを持ってる子があんなにいるなんて」と言うと、それが大学生の怒りを誘った。彼は朝方のカメラ騒動以来、ずっと不機嫌そうだった。

「あそこまでしなきゃなりませんか？　わざわざ家を調べ回って、人を緊張させて。この旅行の趣旨に反してますよ。だって、自分の物は自分でちゃんと管理するべきじゃないですか」

大学生が言った。ヨナは目を閉じて押し黙っていた。申し訳ないのは事実だった。あれがカメラでなかったら、ヨナもなにかを失くしたとは言わなかったはずだ。ヨナの傍観をよそに、大学生はガイドにつっかかりはじめた。フェア・トラベルの趣旨について並べ立てると、ガイドは、このツアーはフェア・トラベルの枠に縛られないものだと答えた。結局はヨナが、「わたしの不注意です。申し訳ありません」とあいだに入ってようやく諍いが収まったのだが、すでにガイドの言葉にむかっ腹を立てていた大学生は、最後を汚い言葉で結んだ。

「お母さん、クソッタレってなに？」

子どもが絵を画く手を止めて、母親に訊いた。

「知らなくていいの」

「お母さん、お母さん、クソッタレってなに？ ねえ？」

「知ってるじゃない。知らないの？ 知らないから訊いてるの？」

教師の声は徐々に細くなっていき、子どもは母親のそんな様子をおもしろがるように、わざとよく響く声で答えた。

「うん、知ってる！ 悪い言葉でしょ、汚い言葉！」

作家は取って付けたように、露店で買ったウンダ族の骸骨の置き物について話しはじめたが、誰も関心を示さなかった。ガイドはスケジュール表に見入っていた。全員が口を閉じていた。

「お母さん、オムライス食べたい！」

空気を読めない子どもが、そうやって場を締めくくった。車が一軒のレストランの前で止まり、間もなく、特別にオムライスまで用意された昼食が並んだ。大学生は胃もたれがするのか、みぞおちの辺りをさすっていた。ヨナの腕には、数時間前までなかった蕁麻疹が出ていた。水が合わないという単純な理由だけではなさそうだった。

ムイで飲み水に困っていないのはホテルだけだった。一行は昨夜の経験から、この一帯の水上家屋全体がひと晩に使う水の量より、ホテルの宿泊客がひと晩で使う水の量のほうがはるかに多いことを知った。彼らは昼食後、四時間かけて井戸掘りをした。井戸は旅行客がリレー形式で掘っているものだった。寡黙になった一行は、誰よりも熱心に井戸を掘った。そして四時間後、まるで褒美のように水が湧き出る喜びを味わうことができた。それは四時間の労働ではなく、今朝から続いていた感情労働に対する報いのようでもあった。

リゾートに戻る前に、一行は疲労を洗い流すかのように温泉に浸かった。泉質の良し悪しはわからなかったが、火山が近くにあるぶん、なにかしらの効能はあるはずだと誰かがはしゃいだ声で言った。二時間後に彼らが得たのは、たしかに少しはすべらかになった肌、そして、記念スタンプのごとく額に残った虫刺されの痕だった。

スコールが通り抜けた大地は、たちまち乾上がった。〈ムイマーケット〉という看板の下に、いくつかの天幕と露店が並んでいた。一行はおみやげになりそうな物を買い、近くの酒場に入って席を取った。壁はみすぼらしくても、現地の人々で賑わう陽気な店だった。メニューはなく、なにを売っているのかよくわからなかった。ガイドが色々な料理と酒を注文した。路地の奥にはドレッドヘアに編んでくれるという人たちや、タトゥーを入れる人たちも座っていた。どこからか巨大な風船の束も現れた。夜空へ舞い上がる準備を終えた風船の束は、ブーケのようだった。風船をふたつ買ってきたガイドが、ひとつはヨナに、もうひとつは教師の娘にくれた。作家はどこからかドラゴンフルーツをひとつ持ってきて、半分に切った。果肉をほじくって食べたあと、残ったピンク色の皮にネップ・モイを注いだ。

「さ、ドラゴン酒をぐっといこうじゃないか！　こういう旅こそピリピリしがちだからね。ほら、飲んで忘れましょう」

子どもがドラゴン酒に舌を付けて酔ったまねをすると、ある人は慌て、ある人は笑った。いつしか大学生の表情もずいぶんやわらいでいた。人々は災害のあった地域を訪れはしても、その旅の途中で自分たちが新たな災害を招いたとは認めたがらない。ヨナもそうだった。ヨナはあのウンダ族の子どもに由来する気まずさを忘れたいがために、その日一日を頭から消してしまった。酒が役に立った。自分たちがたんなる旅行客であること、その気楽といえば気楽な立場を再確認するうえでも。

「ここって、ぱっと見にはカオサンやデタム通りみたいだなあ。ほら、バンコクとホーチミンの、バックパッカーが集まることで有名な通り。バンコクって街に孤独はないよ。そうだな、うぶなところのない、むきだしの旅人の街とでも言おうか。そうかと思えば、ホーチミンはもう少し田舎くさいけど、いい具合にがさつだな。じゃあムイはどうかと言うと、まるで、まるで」

作家はムイについて定義づけをしないまま、ほかの地域について話しはじめた。ヨナは気持ちが悪かった。心のなかで、ムイはどうかと言うと、どうかと言うと、に続く言葉を探していた。

さらに酔いが回った。ヨナは出入り口のほうを見た。海へ通じる、あるいは海からここへ通じるその出入り口にドアらしきものはなく（あるいは過度に開ききっていて見えないか）、この空間のテーマをひとことにまとめたような文章が掛かっているだけだった。ガイドによれば、それは〝飲めば幸せになる〟という意味らしい。

現地の青年グループが路地に譜面台を広げて演奏を始めた。いまや路地に残っているのはヨナの一行だけだった。バイオリンとギター、ドラム。あらゆるものが入り交じるこの通りで、彼らはすばらしい旋律を奏でた。聴衆がいることを喜ぶ表情、この通りで演奏するのが楽しくて仕方ないという表情、くすくす笑っていたかと思えば、次の瞬間にはきっと引き締まる態度、それがヨナを魅了した。終始落ち着きのなかった子どもでさえ、この瞬間はひたむきな聴衆になっていた。

演奏が終わると、教師が前へ出て尋ねた。

「バンド名はなんですか？」

「サンキュー、ティーチャー」

それがバンド名なのか、それとも教師に向けた言葉なのかはよくわからなかったが、いずれにせよ、ヨナはこの廃墟のなかに新鮮な歓びを見出していた。サンキュー・ティーチャーがもう数曲演奏して終わると、ひとりの老人が体を引きずりながら前へ出て、アコーディオンを演奏しはじめた。彼の脚は人魚のように後ろに丸まっていて、帽子は膝の前で穴を上に向けていた。ヨナは、アコーディオンが空間を操りながら音を出すという点に惹かれた。ガイドの説明によれば、彼は最年少で頭狩りを経験した人間のひとりで、いまは当時を記憶する最高齢者のひとりだが、長い時を経ても彼の体は回復しなかったという。両脚を失った老人の演奏は、六人がここに来た理由を改めて振り返らせるほどの響きをもっていた。ヨナは彼にカメラを向けることができなかった。ただそこに立って、彼のアコーディオンが身を膨らませ、縮まりながら生み出す調べを聴いた。

ムイの人なのであろう誰かが、一行の写真を撮ってやると言った。ヨナのカメラに、ジャングル一行の最後のスケジュールが収められた。ヨナはカメラの再生ボタンを押して、いましがた撮ってもらった写真を確認した。カメラには全部で六百枚あまりの写真があった。ヨナは写真を一枚ずつ見返していった。そして、ゴムだらいに乗っていたウンダ族の子どもが出てくると、はっとした拍子に、思わず削除ボタンを押していた。

三　途切れた列車

飲んで幸せになった翌日、ヨナは寝坊した。旅行に来て初めて朝食を抜いた。ロビー集合は午前十時。いま、九時四十分。胃がむかむかした。顔を洗っているあいだも、内容は忘れてしまったものの、昨晩見た不吉な夢の余韻がまとわりつくようだった。もしかすると、ソウルへ帰る夢だったのかもしれない。六日目の朝で、その日はひたすら家を目指して移動するというスケジュールだった。往路もそうだったように、また何度も移動手段を替えながらソウルを目指すのだ。飛行機が一日分の陽射しをそっくり呑み込んだら、夕刻、仁川《インチョン》空港に降りるというのが今日の予定だった。

ヨナは九時五十分にフロントに電話し、カートを頼んだ。五分後、ゆったりとしたユニフォーム姿のスタッフがカートを運んできた。細身ながらもがっしりとした体格の彼が、ヨナのキャリーケースと小さなかばんをカートに積んだ。初めてここに来た日もそうだったように。滞在中、ヨナがバンガローから人を頼むと、いつも彼がやって来た。ここを発つ日になってようやく、ヨナは彼の名前を読んだ。胸元にLuckと書かれた名札が光っている。

「いい旅行でしたか？」

ラックが訊いた。

「ええ、たくさん学んだ気がします」

「帰路もお気をつけて」

ヨナの財布には百ドル紙幣が数枚あるだけだった。二ドル紙幣もなんとか見つかったものの、それは使うために入れておいたものではなかった。ずっと以前に、誰かから贈り物のようにもらった〝幸運の二ドル札〟だった。ヨナは結局それを抜き出した。

「ラック、これは幸運の二ドル札よ。持っていれば幸運が訪れるんですって」

ラックは紙幣を見ながらほほ笑んだ。


一行はムイを出発した。帰りのルートは来たときとは少し異なり、バスではなく列車を利用することになっていた。行き先はホーチミン空港。バスよりほんの少しだが時間が短縮されるらしい。皆は椅子にもたれて、眠るか黙っていた。到着まであと二時間もあるのに、ヨナの胃腸は絶不調だった。昨夜飲みすぎたのがいけなかった。吐き気がし、腸がキュルキュル鳴った。通路の先にあるトイレに行ってみたが、かれこれ二十分以上使用中だった。ノックすると、なかからドアを叩く音がしかと響いた。結局、車両をいくつかまたいでみることにした。ヨナは片手でお腹を、片手で椅子の背もたれをつたって先へ進んだ。

トイレは客車ごとにあるわけではなかったので、ずいぶん歩いてようやく空きのトイレを見つけることができた。便器がこれほど愛おしく思えるとは。ヨナは便器をひしと抱き締めそうな勢いでしゃがみこんだ。ヨナがトイレを見つけて用を足すまでに三十分が過ぎた。そして、その三十分がすべてを変えた。ヨナは来た方向へ再び歩きはじめた。ぐらぐら揺れるのは同じだったが、なにかが違う気がした。列車はヨナが歩いてきた距離よりもずっと短くなっていた。

この三十分のあいだに、列車はプラナリアが分裂するように真っ二つになっていた。ヨナの目に映りうる客車番号は五番までだった。トイレは二番客車、ヨナがもといた席は七番客車にあった。五番客車の後ろのドアを開けたとき、あとをついてくるのは尻尾のような線路だけだった。

ヨナの席は、そう、途切れたもう一方の列車のどこかにあるはずだった。列車がふたつの路線に分かれることもあるという話は、聞いた憶えがあった。問題は、いまヨナはこちらにいて、ヨナの荷物とあとのメンバーはあちらにいるという事実だった。こちらとあちらはすでに離ればなれの状態だった。急行列車は後続部を切り離して以降、突然緩行になった。ヨナはこの列車の行き先を知りたかったが、知るすべがなかった。車掌らしき人が近づいてきて、ヨナに切符を求めた。切符を見た車掌は首を振った。

「じゃあ、この列車に乗り換えることはできませんか？　空港に行かなくちゃならないんです！　荷物も、ほかの人たちもあっちの列車にいるんです、どうしたらいいでしょう？」

ヨナは韓国語で一度、英語で二度言ってみたが、車掌には聞き取れなかった。それでも状況を察したのか、車掌は自分の国の言葉で懸命に説明した。

「ふた駅前で、あなたの乗っていた列車は別の路線に切り替わりました。あちらは急行なのでここから行くことはできないし、今日の便はすでに終わっています。空港に行くならほかの行き方を見つけるしかありませんね。この座席はもうありません」

ヨナには聞き取れなかったが、ジェスチャーと雰囲気からわかったことがあった。あなたの席はここにないから、もう列車を降りてくれ。

のろい列車はご親切にも、すぐに次の駅に着いた。ドアが開き、その駅で降りたのはヨナひとりだった。

手提げかばんだけでも身につけていたのがなによりの幸いだった。ヨナは携帯電話を取り出してガイドの電話番号を押した。ガイドは電話に出るなり、ヨナに怒りをぶつけた。

「どこにいるんですか！」

言葉そのものは無難といえど、口調はひどく攻撃的だった。切羽詰まっているにもかかわらず、ヨナはしどろもどろに答えた。

「トイレに行ってるうちに、列車が……」

「ヨナさん、初日にお話ししましたよね。列車が路線の途中で分かれることもよくあるって。だからトイレはその車両のものだけを使うようにって、そう言ったはずです。どれだけ捜したと思ってるんですか？　飛行機の時間はご存じですよね？　なんとかしてすぐ空港に来てください。で、いまどこですか？」

「どう読むのかわかりません。ここの言葉みたいだけど、なんて読むのか」

「タクシーを捕まえたほうがいいですね。とにかく捕まえて、空港に向かうよう言ってください。伝わらなかったら、旅のしおりがあるでしょう？　ジャングルから配られた。その裏に地図がありますから、空港を指で差してください。聞いてますか？」

　ヨナはルーを軽んじていたことを反省した。彼女は有能なガイドだった。そしていま、ヨナは無能な旅行客だった。旅のしおりはキャリーケースのなかにあり、キャリーケースは七番の客車、十二番の座席の上にあった。

「それ、キャリーケースのなかにあるんです。ルーさんもどこかご存じのとおり……。すみません」

「それなら早くタクシーを捕まえてください。わたしが説明しますから、電話を代わってください」

　携帯を手にしたままタクシーを捕まえようとしていたヨナは、すでに電話が切れていることを知ってかばんにしまった。財布を出そうとして、財布がないことに気づいた。パスポートと一緒に小さなポーチに入れておいたのに、それがまるごと蒸発してしまったのだ。捜しはじめるのを待っていたかのように、捜せばそれがなくなる。まるで、母親が片付ける様子をじっと見守っていて、その順番どおりに散らかしていた子どもがいま、自分の頭のなかに入り込んでいるかのように。考えることがすべて、順にふいになっていった。ひょっとすると、今朝、ホテルに忘れて来たのではないか、だとしたらガイドに連絡が届いているのではないか。ムイからバスに乗る前にガイドがパスポートを確認し、あのときヨナのパスポートもあったから全員がバスに乗れたはずなのだ。それならパスポートはガイドが持っているのだろうか。ヨナは携帯を取り出してもう一度ガイドに電話をかけた。充電マークの目盛りが最後のひとつになっているのがさっきから気がかりだったが、案の定、電話をかけたとたん警告音が鳴りはじめた。放電を知らせる音が。

「わたしのパスポートはそちらにありますか?」

返ってきたのは深いため息だけ。

「ヨナさん、お金は? お金は持ってますか?」

「財布はありません。別途に持っていたお金も、いくらもないんです。どうしたらいいでしょう? 英語もあまり通じないみたいだし」

「ひとまず、こっちはこっちでチェックインしないと。わたしのほうからマネージャーに連絡しておきます。パスポートがないと、空港に来たってどうしようもありませんから。ヨナさんとはあとで合流するとして、なのでヨナさんは……」

ふいにすべての騒音が途切れた携帯を手に、ヨナはへたり込んだ。旅行をしたことがないわけじゃないのに、スリに遭ったことがないわけでもないのに、ホテルに忘れ物をしたことがないわけでもないのに、いまのこの状況はあまりに心許なく不安だった。それはたぶん、言葉のせいだった。ヨナはいまいる場所の地名を読むことも、聞くこともできない。ヨナの言葉を聞き取ってくれる人もいない。少し向こうに、景福宮を経て麻浦へ向かうバスが見えた。いつかガイドが見かけたという路線。だが、それで終わりだった。


ヨナの頭に、自分の死亡日を教えてくれるというあのサイトが思い浮かんだ。そこにある数字がどんなに大きくても、時間はいつか尽きる。いま、一時間ほど寿命が縮まった。

もう一度携帯の電源を入れたとき、ショートメッセージが一通届いているのが見えた。ヨナは素早くメールを開き、内容を確認した。

「道はポールに尋ねてください」

メールを読むが早いか、携帯は事切れた。今度は完全に。ヨナはひとまず駅員を探そうとしたが、行き交う人がいるばかりで、窓口ひとつ見つからない。観光案内所など期待できそうになかった。通り過ぎていなければならない駅だった。通行人を捕まえてみたところで英語が通じるはずもない。切符売り場もないのだから、プラットホームに立っていたって埒が明かない。言葉が通じない地域を旅行したことが皆無に近いことに、ヨナは改めて気づいた。これまでの旅先では、最低でも観光に必要な英語ぐらいは通じていたのだ。もちろん、慣れない言語だとしても、駅やバスで交わされる会話は一定の範囲を超えない。せいぜい往復か片道か、乗るのはひとりか、その程度だったが、いまのようにひとことも通じない環境は初めてだった。ベトナム語を勉強しなかったことを、簡単なベトナム語会話が載っているガイドブックをキャリーケースに入れてしまったことを、ヨナは後悔した。ヨナが知るいくつもないベトナム語は、どれも不都合のない状況で使われるものばかりだったから、緊急時にはなんの役にも立たない不渡手形も同じだった。

〝ホテル〟という言葉を聞き取れる人がいたのが、不幸中の幸いだった。ヨナは数ブロック先まで行って、ホテルには見えない、だがホテルに違いない建物が立ち並ぶ路地へやって来た。数時間も経っていないのに、数日が経った気分だった。路地の前で、ヨナは空を仰いだ。太陽はどこにあるのやら姿が見えず、胃が少しむかついていた。一軒ずつ順に訪れ、九番目のドアをくぐったところで、ようやく英語の通じるスタッフが見つかった。

「あの、ポールって人を知りませんか？」

ホテルのスタッフは口を丸くすぼめて、何度も「ポール」とくり返すばかりだった。ポールとは誰かと訊かれたが、それはヨナにもわからない。ただ、ガイドがマネージャーに連絡しておくと言っていたのを思い出した。おそらくムイへ行くのを手伝ってくれる人だと言うと、スタッフは「ムイ?」と問い返した。ムイへ行くのかと。

「そう、ムイです。そこにあるベルエポックに行きたいんですけど、ポールに尋ねるように言われて。あの、それとも、よければ電話を貸してもらえませんか? 一カ所だけでいいんです」

すでに一行の飛行機はホーチミン空港を発っただろう、そう思いながらも、ヨナは確かめたかった。ホテルのスタッフが電話を貸してくれたものの、ガイドの携帯は電源が切れていた。ひょっとすると、彼女も韓国行きの飛行機に乗ったのかもしれない。スタッフがヨナを見て言った。

「ポールは知らないけど、ムイへの行き方ならわかります。それには港へ行かなきゃなりません。ここの駅ではなく、ここから列車に乗って、ほかの駅から。でも、船の最終便まであまり時間がないかと」

結局、親切なスタッフはヨナを船着き場まで送ってくれた。フロントを空けても一向にかまわない様子で、できる助っ人のようにそそくさと先導した。ヨナは彼の背中にしがみつくようにしてバイクにまたがった。これなら、かえってキャリーケースがなくてよかったと思った。バイクはおびただしい数のバイクの波に飛び込んだ。騒音と濁った空気のなかで、ヨナは耳と鼻をぴったりとふさいだ。ヨナが聞こうが聞くまいが、ベトナム人はバイクに乗る姿勢で恋人か夫婦か友人か見分けがつくのだ、と彼は言った。

「いまわたしたちがどんな姿勢か考えてみたんですが、あなたはまるで……」

ほどなく、トンネルを通過するように長い騒音のなかを抜けてから、彼が言った。

「あなたはまるで、荷物みたいに座ってますね。人じゃなくて、荷物みたいに」

恋人と夫婦と友人と荷物のあいだにどんな差があるのかはわからないが、ヨナは、そうみたいだと大きな声で答えた。そして、なにがあっても動じないよう気を引き締めた。信頼してよさそうな人だったが、たとえそうでなくてもほかに選択の余地はない。ヨナは体を密着させないよう精いっぱい気を配りながら、努めて冷静沈着を装った。だがすぐに、ひどく暗澹たる気分が煤煙のようにまとわりついた。港までバイクでずいぶんかかったものの、着いてみると見慣れた風景に思えた。ファンティエットだった。旅の初日、歯ブラシやコーヒーを買った大型スーパーがすぐそこに見えた。彼は、まだ観光客慣れしていない地域の人々がそうであるように、ヨナに対して好奇心と責任感をともに感じていた。おかげでヨナは最終便に間に合い、余裕をもって切符を買い、そこでポールに会うことができた。

それは人ではなく、船舶会社の名前だった。つまり、ベトナムの港町からムイへ渡る船はすべて、ポールの所有だった。ヨナの体からふっと力が抜けた。虚脱によるものか安堵によるものかはわからなかった。

派手なスコールだった。甲板を数万個の雨粒が打った。五泊六日前にも乗ったはずなのに、いまはひとりのせいかまったく印象が異なった。乗客は多くない。ほんの数人が暗くじめじめした隅っこに腰かけて、ヨナの顔を穴が開くほど見つめていた。

ムイに到着したのは、もうすぐ夜九時になろうという時間だった。船着き場に迎えはいなかった。幸い、船舶会社の社員がヨナの言う〝ベルエポック〟という単語を聞いて、ホテルに連絡してくれた。すぐに車が一台やって来た。ベルエポックのマークを見て、ヨナは安心した。韓国からは再び遠のいたわけだが、この客地でまだ親しみを感じられるのは、数日間泊まったリゾートホテルだけだった。

だが、いざホテルのほうではヨナの状況を把握していなかった。

「なんの連絡もいただいておりませんが？」

ヨナが、ガイドから連絡をもらっていないのかと尋ねると、マネージャーは訝しげな表情を浮かべた。彼はパラパラと書類をめくり、どこかへ電話をかけてから、「オーケー」と言って電話を切った。

「ガイドも、旅行会社も電話に出ませんね。もっとも、もう業務時間は終了しているでしょうが」

「ガイドは飛行機のなかだと思います」

「ひとまずパスポートをお預かりしてよろしいですか？　ご宿泊されていたバンガローにもう一泊できるよう手配いたします。旅行会社には明日また連絡してみましょう」

ヨナは財布がないことを言おうかどうかしばし迷った。明日になれば会社と連絡がつくだろうし、チェックアウトまでに宿泊代を払えるかもしれなかった。でも、明日も連絡がつかなかったら？　明日は日曜日で、韓国はすでに日曜日に入っている。明日になっても緊急連絡窓口につながらなかったら？

「パスポートと財布を盗まれたんです。列車のなかで。それで、ガイドにこちらへ行くように言われて……。とっくに連絡がついてるものと思ってました」

「パスポートもないとなると、こちらではご対応しかねますが」

マネージャーはやさしい笑みを湛えたまま言った。

「わたしはどこに連絡したらいいんでしょう？　ここには韓国大使館もないし」

「では、今日のところはひとまずバンガローにお泊まりください。夜も遅いことですし、お休みになるだけですから、こちらでそのように用意させていただきます。旅行会社であれ大使館であれ、明日改めて連絡してみることにいたしましょう。週末でも緊急の連絡先はあるでしょうから。ただし、お休みになるだけですよ。外出もお控えください。なにせ、わたくしどもの方針から外れた処置ですので……」

ヨナはカートに乗って昨日のバンガローに戻ってきた。入り口のまぶたは開いていた。ヨナが入ると、まぶたが閉じた。内部は昨日と同じだったが、くつろぐことはできなかった。ヨナはキングサイズのベッドの端っこにちょこんと腰かけた。

ヨナが旅のなかで最も愛する一日は、想定外の一日だった。本来のプラン、本来のスケジュールにはない一日。たとえば、滞在が予定より一日延びるとか、スケジュールが一日だけそっくり変更になるとか。旅先で想定外の休息のような一日を授かると、その後思い出すのはその一日だけということもあった。そんな一日はおよそ二十四時間、同じように回る地球の流れのなかに雲隠れしてしまうほど小さくもなければ、日常を大きく揺さぶるほど巨大であってもならない。ところが今日という一日は、想定外の休息というにはあまりにハードだった。こんな状況で空腹を感じることに驚く一方で、この空腹が恐怖をあおるのではないかと不安になった。ヨナはテーブルの上のウェルカムフルーツのかごを見た。その脇にある、シリアルバーやチョコレートなどのおやつも。夜も遅いのに、ほかの誰かのためにあれを用意することなどあるだろうか？　偶然でなければ、ヨナのためにウェルカムフルーツまで手早く用意してくれたというのか？　ヨナは、その無料のおやつをひとつぐらいつまむか否かについて長らく悩んだ末、雑穀がぎっしり詰まったシリアルバーの袋を開けた。口に含んでもぐもぐ噛み砕いた。すぐさま満腹を感じられるわけではなかったが、なにかを噛みしめられることがありがたかった。この噛むという行為だけが、あらゆるものの実在を証明してくれるようだった。だが、耐えがたい眠気に襲われるかのように、やがて噛むという行為までもが味気なくなっていった。間違ってほっぺたの内側を噛みでもすれば痛みを感じるのではないかと思ったが、現実はそんなふうに噛みしめられるものではなかった。

朝になって目を覚ますなり、天井の巨大なシーリングファンが視界に飛び込んできた。いつだったかヨナは、ソウルのリウム美術館にある彫刻「ママン」の下に寝そべったことがある。そのときは写真を撮ることが目的だったのだが、いまこの瞬間、またもやあのクモの彫刻の下に横たわっている気分だった。今度は写真を撮るためではなく、食べられるために。ヨナはがばっと身を起こした。

携帯電話は無用の長物だった。電源が切れた携帯は、いまの自分を見ているようだった。ヨナはロビーまで歩いていった。レストランに入るなどもってのほかだった。カートで移動するときはすぐそこに感じられたのに、歩いてみるとかなりの距離だった。動線そのものは少し違った。今日は庭の手入れをしていないのか、ロビーに入るまでスタッフをひとりも見かけなかった。あたかも、ホテルが丸ごと停止状態にあるかのように。もしやこの状況さえもツアーの一部ではないかとさえ思えた。だがマネージャーは、あまりにはっきりと、短い言葉で状況をまとめた。

「コ・ヨナさん。旅行会社からかかってきた電話もございませんし、こちらからかけても出ませんね。どういたしましょう？」

ヨナは会社の緊急連絡窓口の番号を押し、ベルが三度鳴る前に電話を切った。出張先でこんなピンチに見舞われた社員の話など聞いたことがない。これは事故ではなく、不注意として記録に残るだろう。先に帰国したガイドがどうにかしてくれるまで、可能な限り待つべきだ。客の立場で救助を待つこと、そのほうがヨナにとっては安全だった。

ヨナはかばんからカメラを取り出した。

「これを預かっていただいて、もうひと晩泊めてもらえませんか？　今日は日曜なので、もうひと晩だけ」

　マネージャーはしばし悩んでからカメラを受け取り、もう一日だけですよ、と言った。

「お食事もなさっていないでしょうから、簡単な朝食をご用意しましょう。今日はレストランが閉まっておりますので」

　ヨナはマネージャーが出してくれたパンケーキにありつけた。こんななりゆきもあるのか、安堵と疲労でヨナはソファにぐたりと長くなった。リモコンを取り、五歳の子どものようにでたらめにボタンを押していった。バンガロー前の目玉のオブジェを点けたり消したりをくり返した。それから目の前のビーチへ出て歩いていると、ビーチがホテルの外部とつながっている箇所を見つけた。最初はそこで折り返すつもりだった。だがその先に屋根や塀が見えてくると、いつの間にか足がそちらへ向いていた。電柱と電柱のあいだ、屋根と塀のあいだに太い電線が掛かっている。電線は五線紙のように見えた。三羽の鳥が音符のように止まり、電線の端っこはト音記号のようにくるんと丸まっている。数日前にも見たはずなのに、そのときはこういった風景に視線を留める暇もなかった。生活の痕跡はいまになってヨナの目につきはじめ、その見知らぬ情景にかえって親近感が湧いてくる気がした。

　ずいぶん歩いて見つけたのは、〈ムイマーケット〉の看板だった。看板があるだけで、あの夜の露店や天幕はひとつもない。ヨナはマーケットの看板を通り過ぎ、さらに先へ進んだ。すぐに見慣れない道になった。

日曜日の路地はまだ眠っていた。崩れ落ちた塀と割れた窓、そのうちの一軒にヨナが見入っているあいだ、割れた窓の向こうからも誰かが外を見ていた。ヨナが視線に気づいた瞬間、視線はさっとどこかに隠れてしまった。初めて来た場所に違いないのに、なぜかそんな気がしなかった。壁の落書きのためだった。路地を曲がっていたヨナは、道を間違えたわけではないことに気づいた。たしかにこの道を知っている。落書きにでたらめなハングルが交じっているのがおもしろくて写真を撮った憶えがあった。そう、見知らぬ道を見知った道と感じていたのではなく、見知った道を見知らぬ道だと思っていたのだ。たった二日のあいだにずいぶん造りが変わったように思えた。いま眼前に見ている村からしてそうだ。こんな村は見たことがない。見たことがあったとしても、こんな様相ではなかった。なぜだか前より大きくなった気がしてならない。

前方に人を見つけて、ヨナはそちらへ歩いていった。顔なじみの老人だった。シンクホールで両脚を失い、アコーディオンを演奏していた老人。彼がそこに立ち、ほうきと紙屑でゴルフをしていた。地面の丸い穴に紙屑を入れようとやっきになっていて、ヨナが近づいてくることに気づいていなかった。

「ここでなにを?」

そう訊いたのはヨナなのに、どういうわけかその場の空気は、ヨナに返事を求めているようだった。

ヨナはかばんの紐をもう少し自分の体のほうへたぐりながら言った。

「ちょっと通りかかっただけです。それで、ここでなにをされてるんですか?」

老人はヨナをちらりと見てから、再び地面と向き合った。こんなにしゃんと立てるなんて。なにもかも演出だったというのだろうか。ヨナはもう一度老人に呼びかけた。老人はヨナを見た。そうしてしばしためらっている様子だったが、すぐに身の振り方を定めたようだった。彼はまたゴルフを始めた。疑惑のにじむヨナの瞳を見返しながらも、老人の姿勢は変わらなかった。あまりに元気そうな老人の姿に、ヨナは怒りがこみ上げた。老人も怒っているようだった。ひょっとすると、ヨナよりもなお。彼はほうきをぽんと放り投げてから、切り株に腰を下ろした。

「頼むよ、こっちだって休みが必要なんだ」

そう言いながら老人が顔を上げたとき、すでにヨナは早足で路地を抜けたあとだった。いまのムイは、ヨナが数日過ごした場所とは異なる表情をしていた。旅行期間中にヨナが目にしたのは、過去の災害がすでに旬を過ぎ、「ワンダラー」が横行してはいるものの、それでも素朴さの漂う田舎くさい村だった。自分の評価でこの島の運命が決まると思うと、罪悪感を覚えるほどに。だが、いま自分が歩いているムイは、まるで開場前のテーマパークだった。老人に脅威を感じたわけでもないのに、腕が粟立っていた。

ヨナは向きを変え、来たほうへと歩きだした。歩みはどんどん速くなっていった。

門を開け放っている家が見え、ヨナはそちらへ歩いていった。なかにいた女はテレビを観ている。人の気配を感じて立ち上がった彼女は、後ろを振り向いたとたん思わず小さな悲鳴を上げた。

「わたしになにか用ですか？」

女が言った。

「ホテルに戻りたいんです。道に迷ってしまって」

「ベルエポック？」

「ええ」

女はテレビを消して外へ出てきた。

「まっすぐ行って曲がり角が見えたら、いちばん左の道を進んでください。海が見えたら、浜辺に沿って行けばホテルの裏門に着きます」

ヨナは女の英語の堪能さに驚いた。同時に、その声に聞き覚えがあった。話すときの女の口元にも見覚えがある。ヨナが女を思い出しているあいだ、女もじわじわとヨナを思い出している様子だった。女は腕を組み、肩を少しばかりすくめながら、門のなかへ引き返していった。そのしぐさに見覚えがあった。

「あの！　わたしたち、会ったことありますよね？」

女はなにか言いかけた口をぎゅっと閉じ、にかっと笑った。どう見てもナムだった。一泊二日、案内役を務めてくれたウンダ族の女性、ナム。

「あなた、ナムって言ったわよね。これ！」

ヨナは十本の指をぱっと開いてピンク色に染まった爪を見せた。だがいま目の前にいる女は、それを見ても無反応だった。女はバツが悪そうでもあり、怒っているようでもあった。そうしてたちまち奥に引っ込んでしまった。

「ねえ、ナム！」

隣家の窓が少し開いてから、静かに閉まった。目にはひとつも映らなくとも、この数分のうちに、路地の多くの目が自分に注がれていることにヨナは気づいた。

ヨナはナムに教えられた方向へ歩きはじめた。後ろを振り返りたかったけれど、ひたすら前だけを見て歩いた。振り返った瞬間、塩の柱になってしまいそうだった。

前方に赤い点のように見えるのがホテルの建物だった。だが、いまヨナの目に入ってきたのは、右へ四十五度ほど折れ曲がった道だった。なにか音がして、ヨナはそちらを見やった。そしてその道をゆっくりたどりはじめた。そのときだった。向こうから大きなトラックがやって来て急停止した。すでになにかが弾き飛ばされていた。数メートル宙に突き上げられて落下したそれは、人の形をしていた。ヨナは木陰に隠れて口をふさいだ。運転席からさっと誰かが降りてきて、倒れている人のほうへ近づいた。路上の人間がまだ事切れていないのを知って、運転手は車へ戻った。トラックは後退しながら、ある程度の空白を確保するなり、やにわに前へ突進した。路上の石ころはもとより、小さな虫や降り注ぐ陽射しまでも蹴散らしてしまいそうなスピードで。もちろん、そこに人が横たわっていたとしても結果は同じだったろう。トラックがいま踏んづけていったのがなんなのかは、確かめずともわかった。

運転手は死体の前に立って、どこかへ電話をかけた。しばらくすると別の車が現れ、すべてが収束した。道は静けさを取り戻した。数人が死体を片付けているとき、ヨナは死んだ人の顔を見ることができた。アコーディオンの老人だった。ほうきは老人のそばに転がっていた。めまいがした。自分の体が震えているのに、それを抑えられないという事実がますます恐ろしかった。図らずもこんな事態を目撃してしまったことも恐ろしかった。ヨナがぎゅっと目を閉じ、深呼吸をして再び目を開けたとき、やや離れた所からそちらを見ている者がいた。ヨナを見ていた。ヨナは後ずさりした。右の足首がぐにゃりと折れた。その瞬間、背後から誰かがヨナを抱きとめた。見知った顔だった。

四　三週間後

「トラックを見たと？」

マネージャーは不思議そうに問い返した。それがヨナをいっそう不安にさせた。事故を目撃したなどとはとても言えなかった。

「見間違いでしょう。トラックを外部の人が見かけることはありません。それがルールなんです」

「黄色いトラックでした」

「ふむ。それならポールの所有ですね。工事用に使われたり、治安を担当しています。ですが、騒音のため、外部の人がいるあいだは稼動しないことになっています」

「外部の人がこの島にいることを、ポールはどうやって知るんですか？」

「皆さんこのホテルにお泊りになるからです。ホテルに客がいれば、ポールはあんな大きな車を動かしたりしません。わたくしがあなたのことを宿泊者名簿に書き、外部の人がいるのだから、ポールがトラックを出すはずがないんです。それより、われわれにはもっと話すべきことがありそうですが」

マネージャーはヨナをまっすぐに見据えて言った。

「あなたが約束を破ったことについてです。ホテルの外へ出てはいけないと、たしかに申し上げたはずですが。あなたの身になにかあれば、ジャングルに問い詰められるのはわたくしどもです。スタッフがあなたを見つけていなかったら、なにが起きていたかわからないんですよ？」

「外へ出たんじゃありません。ビーチの散歩道が村とつながってたんです」

「いいえ。ホテルのビーチと村のあいだにはちゃんとした境界があります。高さはまちまちですが、塀があるんです。そこから外へ出たなら、あなたはホテルの塀を越えたということです」

ヨナは否定しなかった。マネージャーは宿泊代の請求書を差し出した。約束を破ったのはあなたです、とマネージャーが言った。ジャングルとも連絡がつかない、われわれとしてはこれ以上手を貸せないと。

そして、眉間にしわを寄せながら言った。

「今日はもう船の時間にも間に合いませんから、今夜はこちらにお泊まりください。明日の朝、港までお送りします。そこまでが、お客様だった方にわたくしどもができる最大の配慮です。ご存じかわかりませんが、外国人がムイに滞在するには許可が必要です。身分証もない外国人となるとなおさら難しいですね」

「許可はどこでもらえるんですか？」

「ポールです」

なにをするにもポールがまとわりついてきた。ポールとパウルの綴りが同じことに思い当たると、ヨナは先が思いやられた。またもや身動きのとれない集団のなかに引きずり込まれたという感触を拭えなかった。結局、ヨナはジャングルの緊急連絡先に電話をかけた。手元にパスポートも財布もないこと、かばんのポケットで無邪気に転がる小銭がすべてという現実がヨナを不安にさせた。退勤したキムとは思ったより簡単に電話がつながり、するととたんに、あまりに簡単につながったことが恨めしくなった。

「スケジュールどおりに戻れなかったのは君の手落ちだろう。それを会社に解決してもらいたがるのは筋違いじゃないか？　誰かに育ててもらおうとする前に、自分で道を見つけなきゃあね。ドロップアウトしたんじゃなくて、君自身が出張先で延長勤務を申し出たと考えてはどうかな？　これをチャンスに変えるんだ。自分が、三年前とは違うポジションにあることはわかってるだろう？　親切心から言ってるんだよ」

キムの穏やかな物言いがいっそうヨナを緊張させた。こちらよりあちらのほうが重要な場所で、こちらよりあちらのほうが恐ろしい場所だということを、ヨナは束の間忘れていた。なんとか韓国へ帰らせてくれなどとは言い出せなかった。打つ手がゼロというわけではない。韓国にいる人たちに電話をかけて、ホテルにお金を送るよう頼むこともできる。その後、ホテルにホーチミン空港までの移動手段を用意してもらうこともできるだろう。方法は色々あるのに、どうしてジャングルを当てにしたのだろう。この十年間で、すっかりジャングルに飼い慣らされてしまったのだろうか。

そもそもは旅行が好きで志願した会社だったが、十年間耐え忍ぶあいだに、ジャングルはヨナにとって別の意味をもつようになっていった。ジャングルで売るものが旅行でなく別のなにかだったとしても、ヨナが企画するものが旅行でなく別のなにかだったとしても、やれと言われればできた。三十三。家庭と仕事を両立させる余裕のない人にとって、ジャングルは最適化された職場だった。社内カップルを推奨し、独身者には毎週末、ランダムに社内のほかの独身者と出会うチャンスも提供していた。会社から遠くない距離に社宅もあった。病院も、劇場も、スポーツセンターもショッピングモールも、すべて会社内にあった。これほどの会社の欠点とは、ただひとつ。会社を辞めると同時に、人生をそっくり模様替えしなければならないということ。

散々な通話だったが、成果がなかったわけではない。チャイムが鳴ってドアを開けると、バンガローの前でカートが待ち構えていた。マネージャーに、「ただちに相談したいことがある」と言われて来たらしい。出向いてみると、マネージャーの表情は昨日とは違っていた。

「国際電話をお使いになったようですね」

「ええ。それもあとで請求してください」

「かけた先はジャングルでしたね」

「そうですが」

「なぜ黙っていたんですか？　あなたがジャングルの社員だと」

「まさか盗聴を？」

ヨナはマネージャーの態度に戸惑い、思わず声を高くしていた。

「話が長くなりそうですから、ひとまず入って話すことにしましょう。ラック、ミスター・ファンがいらしたらなかへお通しするように」

黒雲が広がったかと思うと、大粒の雨が降りはじめた。ヨナはマネージャーについて、彼のオフィスに向かった。マネージャーは茶菓を用意してから、少しやわらかい声になって言った。

「まずは昨日のお詫びを。外部の人のこととなるととかくナーバスになりがちでして、存じ上げずご無礼を働いてしまいました。申し訳ありません」

そう言ってから、カメラをヨナのほうへ差し出した。彼はヨナの名刺をもらいたがったが、ヨナの財布は行方がわからない状態だった。とはいえ、たとえ財布があったとしても、なかに名刺は入っていなかった。

「じつは昨日の朝、ジャングルから再契約についてもう少し検討したいという通知が届き、少しピリピリしていたんです。Ｅメールが一通来ていました。ご存じのとおり、電話はつながりませんし」

「メールが？　もう？　このホテルの件はわたしが帰ってからでないと決まりません。むろんわたしも、あなたのサービス精神を考えればすぐにでも手を引こうと言いたいところですが」

「あなたが結果を変えることもできるのですか？」

「それを検討しに来たんです」

担当者の署名をしたのはヨナで、結果報告はまだジャングルに届いていないのに、再契約について検討したいという通知がよりによってこのタイミングで届いたのはどういうことだろう。メールを送る権限は担当者であるわたしにあるのではないか。それなのに、わたしも知らないメールとは。ヨナは戸惑いを隠そうと、背筋をぴんと伸ばして居住まいを正した。

「なにかと失礼をおかけしました。お願いです。いま手を引くことはなさらないでください。まだご覧になるものはたくさん残っています」

マネージャーの言葉は、そのままヨナの言いたい言葉だった。どれほどの時間をジャングルに捧げたことだろう。休日返上で、恥をかき捨てて働いてきたのに、そんなわたしから手を引くというのか。

「ムイに対するわたしの評価はDランクです。ジャングルは通常、Bランク以上でなければ再契約しません。それはまあ、Dということは、EやFよりは見直す余地があるかとは思いますが」

言いながらも、どこかすっきりしない言葉だった。ヨナはしきりにDランクに感情移入していた。

「可能性がゼロというわけではないのですね。でも、なぜムイをDランクだと？」

「ジャングルではおよそ百五十の商品を扱っています。その傍らで、たくさんのプログラマーが商品を生みつづけています。新鮮味がないなら、なにか強烈な一手がなければ生き残れません。地震、台風、火山、山崩れ、干ばつ、洪水、火災、大虐殺、戦争、放射能、砂漠化、連続犯罪、津波、動物虐待、伝染病、水質汚染、収容所、監獄など。このうち韓国人に人気があるのは、たいていが異国的な冒険心を刺激する商品です。ところが、ムイにはこれといった特徴がない。頭狩りとシンクホールはひじょうに魅力的なアイテムですが、問題は、それがすでに五十年も前の出来事で、現在進行形ではないという点です。それに、ここの砂漠は砂漠というより、正しくは砂丘ですよね。水上家屋のホームステイは、なんというか、そこらへんの博物館やテーマパークにもありそうなレベルで、取って付けたような感じが否めません。平凡な客地として見るなら魅力的な場所です。ですが、わざわざ高いお金を払って選び取るほどの災害ツアーだとは思えません」

「初めは人気だったんです」

「寿命ですね。人気が続くほどの見どころがなければ、ただちに脱落です」

そのときノックの音が聞こえ、マネージャーが腰を上げた。

「ミスター・ファンがお越しのようです。旧知のお方ですよ」

ドアが開いて入ってきたのは、作家のファン・ジュンモだった。彼はヨナを見るなり、あっと口を開けた。

「あなたでしたか！　韓国人が部屋にいるというので誰かと思えば、ヨナさんだったとは。おやおや、この数日でずいぶん痩せてしまって。まだ帰国してなかったんですか、それとも、一度帰国してまた？」

「まだ帰れてないんです。でも、どうしてまたここに？」

ヨナの口からも小さな嘆声がこぼれた。別れて何日も経たないのに、ずいぶん久しぶりに会ったかのように嬉しかった。雨が窓を叩く音がますます激しくなった。マネージャーが練乳入りのコーヒーとマカロンを出した。

「さあさあ、座ってお話しください。話が長くなりそうですから、ひとまずお席に」

作家はひと息でコーヒーを半分飲んだ。

「そうそう、ガイドさんは爆発寸前でしたよ。予定の飛行機には乗れず、次の飛行機で帰るつもりだったんです。みんな、あなたを連れて帰らなきゃって、ずっと待ってたんです。でも、連絡もつかなくなってしまった。結局、ぼくたちは待った甲斐もなく、次の飛行機に乗りました。飛行機のなかで、あの子はずっと泣きっぱなし。スケッチブックを忘れてきたとかで」

「もしかして、わたしを連れ帰るために？」

「そうだったなら、この上なく光栄に思ったでしょうね」

作家は、期待どおりの役を演じることができずひじょうに残念だというように、ふうとため息をついてから残りのコーヒーを飲み干した。

「仕事で来たんです。あれこれの副業で生計が成り立ってるってお話はしましたっけ？　フリーランサーとして働いてるんですが、あのときはジャングルが雇い主、いまはここが雇い主。契約期間満了まではここに居座ることになりそうです」

「ジャングルが雇い主？」

「でした。僕はアルバイトだったんです。最低でも五人以上じゃないと出発できないのに、四人しかいないってんで、僕がアルバイトで加わったんです。いわば、モニターみたいな立場で。ま、ヨナさんみたいな美人にも会えたことだし、悪い仕事じゃありませんでした。ハハ」

「ジャングルとの関係はわたしと同じですね」

「じゃあヨナさんも？」

「わたしはそこの社員」

「へえ、僕より一枚上手ですね。なにか隠密なミッションでもあったんですか？　いや、でも、旅行会社の社員が孤立するってのはどういうわけです？」

ヨナは自分でもわからないというふうに肩をすくめて見せた。作家のおかげで、ヨナは自分のキャリーケースがいまホーチミン空港の保管所にあることを知った。数日間切れたままだった携帯電話も充電することができた。ポールに尋ねるように、というショートメッセージはガイドの番号から届いたものではなかった。「花のような美女に出会う道はポールに尋ねてください」がその全文だった。ヨナの体から力が抜けた。

客地で届いたスパムメッセージのせいで、いま自分があらぬ場所に来ているのだと思うと、頭が痛くなってきた。でも、ガイドはたしかにマネージャーに言及していたではないか。合点がいかないのはそういう点だった。自分はまたなにか聞き違えているのだろうか。はっと頭に浮かぶことがあった。ひょっとすると、このすべてはわたしの実力を試そうという、最後のイエローカードなのかもしれない。つまりいま置かれている状況も、この高難度の出張の一部というわけだ。自分で道を見つけるべきだというキムの言葉が思い出された。ヨナは自分が、検証済みの災害のなかへやって来たのか、それとも、それ以外のリアルな混沌のなかへ落ち込んだのか知りたかった。この状況に疑惑を抱けば抱くほど沼にはまっていく気がして、思考を流れるままに任せておけなかった。ヨナがジャングルを信頼できないでいるこのとき、ホテルはヨナを信頼していた。ヨナがジャングルの一員だという理由で。

「ところで、ファンさんはどういう仕事でここに？」

「ひとまず車に乗りましょう。行く所があるんです」

三人が乗った車は、ムイの一周道路を走った。作家がヨナの耳にささやいた。驚かないでくださいね、と。

車は赤い砂漠の前に止まった。白い砂漠からそう離れていないのに、雰囲気はまったく異なっている。入り口から工事現場を思わせ、それはつまり、〝入り口〟らしきものが別途あることを示していた。周囲には三メートルほどの塀があり、それが赤い砂漠をぐるりと囲っているおかげで、入り口を通らなければ出入りできないのだった。塀から飛び出しているのは、そびえ立つ未完成の塔だけ。計画どおりなら、砂漠の果てとその向こうの海がひとめで見渡せる展望台となるはずだった塔。だが、工事は一年前に中断したきりだった。完工しても赤字になることが目に見えているため、業者側は塔をそのまま放置していた。塔は人の形をしていた。内部に螺旋階段があり、それをのぼっていけば展望台に出られる仕組みだった。ところが、首から上はまだなんの表情もなかった。当初はイエス像だったものが、業者が替わると同時に聖母マリア像になり、いまは誰ともつかない顔をしていた。作家が、その表情ともつかない表情を見ながら言った。

「仕事がうまくいけば、あそこに僕の顔でも刻んでくれるんでしょうかね？」

マネージャーが笑いながら答えた。

「もうすぐ工事が再開されるはずです。半年前から調整が進められていたんですが、ポールが工事を引き継ぐことになったんです。うちのホテルもポールの系列会社であることはご存じでしょう？」

ヨナはふんふんとうなずいた。本当は初耳だった。

「じつは、先立ってふたつの業者が工事から手を引いたのは、この塔を建てることで損失しか生じないという懸念からでした。ある程度はわからなくもない予測ですが、ポールが投資したからには変化があるはずです。ポールはムイ全体に少なからぬ金額を投資しています」

船舶会社なのだろうと漠然と予想するばかりで、ヨナはまだポールについて知っているとは言えなかった。だが、そうと気づかれるのがいやで、遠回しにつついてみることにした。

「ポールについてはどうお考えですか？」

マネージャーはヨナの問いに、誰もが知る正解だという口ぶりで答えた。

「天性の事業家ですね」

「なるほど」

「ポールは見込みのない事業には手を出さないそうですから」

おたくのホテルはいま閑古鳥が鳴いていますがね、とヨナは内心でつぶやいた。

「ポールの期待を裏切らないためにも、ムイを活性化しなければなりません。それでこそベルエポックも存続できます。ポールがムイから手を引けば、そのときこそ本当の災害の始まりです」

三人は塔の足元にある入り口から内部へ入った。さほど幅の広くない螺旋階段があり、マネージャーが先頭に立った。あとにヨナ、そして作家が続いた。螺旋階段の内部でマネージャーの声が大きく響いた。

「ポールがなぜムイに投資したのかわかりますか？」

「さあ」

「安いからです。ムイはいま、なにもかもが捨て値ですから。この一帯の別の地域と比べても飛び抜けて安い。ポールはムイの可能性を安値で買ったのです。ジャングルも、考えようによってはいまがチャンスかと。ムイはいまが底値で、あとは跳ね上がるだけです」

ヨナは黙って聞いていた。螺旋階段は何周か巡るごとに丸い窓が現れる構造になっていて、もしその窓がなければ窒息してしまいそうに思われた。作家は、まだやっと膝のあたりじゃないかとひとりごちた。彼がこの塔にのぼるのは初めてではなかった。すでに三回目の訪問だった。反対側の入り口から入れば展望台までいっきに上がれるエレベーターがあったが、いまは動いていなかった。

「ポールは投資に成功するはずです。じつはポールからの情報によれば、近いうちに国際機関が、この一帯を対象に災害克服プログラムを立ち上げるそうです。この近隣の災害地域から一カ所を選び、莫大な支援金を投じて都市を再建するんです。下水道から電力、道路のインフラ整備、住民の働き口まですべてを」

もう、しばらく窓が現れていなかった。

「それが事実なら、ムイがそのプログラムの対象に選ばれると思いますか?」

「そのように運ばなければなりません」

窓がないためにずっと同じ所を回っているような気分になり、ヨナはかすかにめまいを覚えた。

「ポールが投資しても、成果がないこともありえますよね？　ムイに災害が起こらない限り、災害克服プログラムの候補にはなりえないでしょう？　かといって、災害が起きるのを待つわけにもいかない。タイミングを決めるのは人間じゃないんだし」

「さてどうでしょう。タイミングならなんとかなりそうです」

マネージャーの言葉を作家が受けた。

「この春は干ばつ続きでした。そして、雨期に入ってからは大雨が降りはじめた。地盤が弱くなっているとき、シンクホールは発生しやすい。大雨は通常、シンクホールの引き金になることが多いんです。タイミング的には悪くない」

タイミング的に悪くないとはどういうことなのだろう、ヨナは首をひねった。作家がマネージャーを追い越して、その先にある扉を開いた。そこは塔の首の部分で、展望台になっていた。密閉されていた空間に突如、ざらざらした砂交じりの風が吹き込んできた。彼方に、ここを取り囲む海が青々と風になびくのが見え、海と塔のあいだで、赤い砂漠がゴルフ場と化しているのも見えた。砂漠の真ん中にふたつの奇怪な穴があり、その下には計り知れない空間が広がっていた。ヨナは自分の目を疑った。どう見てもシンクホールだった。

右の穴は完璧な円に近く、大きさはほぼ〝頭の湖〟と変わらない。左の穴はそれよりやや小ぶりだが、深さは右よりありそうだった。連続で発生したシンクホールのなかで、これほど大きなものは写真でも見たことがなかった。それも、砂漠のただ中の。崩れ落ちた部分とまだそこにある地面の境界線のごとく存在する断面が、ずいぶんしっかりして見えることにも驚いた。もしかすると、これほどの高さから見下ろしているからかもしれない。近くで見れば、いまだに砂がさらさらと落下している可能性もある。

「これは、いつできたんですか？　いったいどうしてこんな……それとも……」

「それとも？」

それとも、それともなにがあるだろう。ヨナにはこの場所が工事現場のように感じられた。見れば、砂漠の隅でショベルカーが頭を垂れている。まるで、ガリガリに痩せて骨が浮き出た動物のように、長い首を折り曲げたままその場に停まっていた。砂漠を取り囲んでいるこの塀はなんだというのか。この塀が隠したり護らなければならなかったのは、ともするとこの未完成の塔ではないのかもしれないという気がした。ヨナは、完璧すぎてかえって現実味のないそれを見下ろした。墓穴のように深いふたつの穴は垂直に伸び、あたかも五十年前の頭狩りの現場のようだった。周囲の土の赤らみがよけいにそう思わせた。砂嵐もその深い穴の底までは届かないらしい。それはこの塔の上も同じだった。水平に吹く風を、垂直なるものたちはいとも簡単に免れていた。ヨナは腕をさすった。

作家の言葉は、「市場へ行ったら」で始まるゲームを連想させた。市場が砂漠に置き換わっただけだ。砂漠に行ったら果物もある、砂漠に行ったら果物もあるしパンもある、砂漠に行ったら果物もあるしパンもあるしテントもある、砂漠に行ったら果物もあるしパンもあるしテントもあるし買い物カートもある、砂漠に行ったら果物もあるしパンもあるしテントもあるし買い物カートもあるしお父さんもいる、砂漠に行ったら果物もあるしパンもあるしテントもあるし買い物カートもあるしお父さんもいるし息子もいる。そう。誰かが単語を言い忘れない限りゲームが終わらないように、八月の最初の日曜日、その日の砂漠にあったものもすべて挙げることはできない。むしろ、その日砂漠になかったものを挙げたほうが早いかもしれない。その日はムイで唯一の小学校の運動会、つまり村を挙げてのお祭りの日で、早朝からたくさんの人々とたくさんの食べ物、そしてたくさんの乗り物が赤い砂漠に集結していた。午前九時から、このふかふかした砂漠の上で運動会が開かれる予定だった。昼間はしばし太陽を避け、続きは午後三時から行なわれることになっていた。だが午前八時、お祭りが始まるより前に、地面がぼこりと沈んだ。ひとつめのシンクホールだった。そして皆がどうにもできないでいるうちに、地面がもう一カ所沈んだ。ふたつの穴に吸い込まれた車とバイクが二十台、死傷者は百名にのぼった。

ひとつめのシンクホールができた場所はその二日前に、直径二メートル、深さ一メートルほどの水たまりが見つかった場所と一致していた。アイスクリームディッシャーですくわれたかのように砂漠の真ん中がぼこっとへこんでいたのだが、そういった光景は以前にもしばしば見られた。砂漠はさながら骨粗しょう症にかかった骨のようだった。しかし人々が驚いたのは、今回の水たまりの大きさだった。それまでに比べてかなり大きく、事故につながる可能性があった。その位置が塔の真下、砂漠の中央だっために、ガードフェンスを設けてハイおしまい、というわけにもいかなかった。学校側は行事の二日前、応急処置としてその水たまりを完全に埋め、上に装飾物を置いて人が通れないようにした。ところがそれが、行事の一時間前に崩壊したのだ。当初二メートルだった直径は四十メートル近くに広がり、深さも六十メートル近くあった。ひとつめのシンクホールができると、ほどなくして、そこから遠くない場所にふたつめのシンクホールが姿を現した。そこにはなんの兆しもなかったことから、ほかより多くの人々が集まっていた。

「ふたつめのシンクホールは直径が約三十メートル、深さは少なくとも二百メートルを超えていました。ほとんどの死者がそこで発生しました。ええ、ほとんどが」

まだ恐ろしいことは起きていない、しかし悪夢であることが明らかな夢を見ているかのように、ヨナは朦朧とした状態で階段を下りた。ホテルに戻る車のなかで、なぜこのようなことがジャングルのレーダー網に引っかからなかったのかを考えつづけていた。いったいいつ起こった出来事なのかについてあとのふたりがなかなか口を割らないために、ますます頭が混乱した。マネージャーのオフィスに戻り、作家が返事の代わりに差し出したのは一枚の写真だった。

「南米のとある国のダイヤモンド鉱山です。一八七一年に丘の上でダイヤモンドが見つかったことで、人々はこの丘に押しかけました。わずか数カ月で深さ百メートルの穴ができました。それが彼らの目的ではありませんでしたが、人工のシンクホールができてしまったとでも言いましょうか。当時、ダイヤモンドを掘りに来た人の数は三万人にのぼったそうです。僕たちはせいぜい二十人でやりのけましたが」

「つまり、ファンさん、あなたが砂漠にあの穴を掘ったってことですか？」

「もちろん、実際にショベルカーとシャベルで穴を掘ったのは二十人の作業員です」

作家はヨナにもう数枚、写真を見せてくれた。それは、彼があらかじめシンクホールの工事現場を撮っておいたものだった。ベネズエラにあるサリサリニャーマのシンクホール同様、初めは地中に住む動物の空気穴のようなものがぽつぽつ並んでいる状態だった。あるときそれが広がって、いまある大きなふたつの穴となった。

「でも、理由は？　なぜあんな穴を作ったんです？　じゃあ、さっきの話はなんですか？　あそこで事故があったという」

ヨナはふたつの話を結びつけられる自信がなく、そう尋ねた。作家は人の話をちゃんと聞いていたのかと、咎めるように言った。

「これはものすごく重要な話だから、集中して聞いてください。ヨナさん、いまからぴったり三週間後に、八月の最初の日曜日がやって来ます。僕たちが準備しておいたシンクホールはその日、おのずと皆の目にさらされることになる。つまりその日、さっきあなたが聞いたあらすじどおりのことが起きるんです」

マネージャーはタバコに火を点けてくわえた。そして、煙をヨナと反対の方向に吐き出して言った。

「いかがでしょう。このアクシデントは、ジャングルの新しい旅行プログラムにふさわしいでしょうか?」

ヨナが知りたいのは、そのシンクホールが未来形なのか過去形なのかだった。

「運動会のことですが、それはいつ起きたことですか……? いつのことなのか聞きたいんです」

「まだ起きていません。三週間後に起きることです」

風向きが変わり、マネージャーのタバコの煙がヨナのほうへ流れてきた。

「ということはつまり、常識的に考えていまおっしゃってることは……」

「ムイではもう、常識的に待つだけのやり方など通用しません。災害で死ぬのも、なにもせず飢え死ぬのも同じではありませんか。いまのままなら、いっそ災害のほうがましです。ジャングルと契約してリゾートホテルを建てたときから、ムイはその役目どおりに日常を切り売りして生きてきたんです。おかげさまで、いっときはここを離れていた若い働き手も戻ってきました。いまになってその役目がなくなることは、命を失うも同じです」

マネージャーは床に落としたタバコを必要以上に踏みにじりながら言った。

「ポールの期待を裏切ることはできません」

プロジェクトは半年以上も前に始まっていた。旅行客が減り、ジャングルからも不穏な気配を感じるようになったころから、ここムイはみずから物語をつむぎはじめたのだった。ヨナは口ごもりながらも口を開いた。なにかしらの代案を出すべきだと思ったからだ。

「あの、〝パーイ〟をご存じですか？　ファンさんは？」

マネージャーが首を振った。作家も知らなかった。

「タイの小さな村です。パーイはもともと、チェンマイからメーホンソーンまで行く途中にある簡易駅のような地域だったんですが、そこに旅行客が長期滞在するようになり、いまでは目的地になりました」

「そこになにがあるんですか？」

「パーイにはなにもありません。そこへ行くと、〝パーイにはなにもありません〟と書かれたTシャツが至る所で売られています。〝パーイに特別なものはありません〟〝パーイではなにもしないこと〟、どこを見てもそんな言葉ばかり。人々はそういった言葉に満たされ、そこで癒されます。わたしも一枚買いました。〝パーイは無愛想な場所〟と書かれたTシャツです。それを着て、パーイで無愛想で退屈な一週間を過ごしました。ところが旅から戻ると、その退屈だった一週間がしきりに思い出されるんです。いまでもパーイのことを考えるくらいに。そこを訪れる人は、そんな魅力に惹かれた人たちばかりです。ここもパーイのような雰囲気にしてはどうでしょう、いっそのこと」

「パーイはパーイ、ムイはムイです」

マネージャーはそう言って立ち上がり、窓の外を見た。ひっそりと静まり返っていた。このあたりでヨナは、ずっと避けてきた質問をしないわけにはいかなかった。

「その死傷者百名は、どうするつもりですか？」

それなら心配いらないと、彼らは言った。


世の中にはハインリッヒの法則を信じる人たちもいる。ひとつの災害の背景には数百もの軽微な異常が存在するというものだ。だが、それは災害の発生に注目したものであって、災害に遭う側にそんなルールがあてはまるはずもない。災害とは、ふいに訪れるものでしかない。ある日突然足元が崩れ落ちるといった、偶然というには無念で、運命というにはやりきれない、そういうもの。それを人為的に操ることなどできるのだろうか。

「シナリオ作家をやる前は写真を撮っていました。そこにあるものをカメラで撮る作業だと、やってる人はいくらでもいるからおもしろくない、それなら自分はその反対をやろうって。写真を見て、かつてあったものを復元するんです。ネットで依頼が殺到して、週に一日も休みがないくらいでした。デジカメを持ってきて、このとおりにイメージを復元してくれとか、インテリアを再現してくれとか、なかには、似ている人たちを雇ってデジカメにある卒業写真の現場を復元してくれというのもありました。そうするうちに、いまみたいな災害関係の仕事を始めたんです。シンクホールも初めてじゃありません。

すべての災害が神の領域というわけじゃなく、その水面下には、人間の持ち分もあるんです」

ファンがこの仕事を生業にしたのは、あくまで需要があるからだった。これまでに携わってきた地域がどこなのかは最後まで教えてくれなかったが、それが人工的な災害であることは一度もばれたことがないと言う。だから、世の中の出来事をそっくり信じてはいけないと。三パーセントほどは偽物が混じっているはずだと。

「不安にならないんですか？」

「芸術家にとって不安は靴のようなものですから。どこへ行くにも、歩くには靴が必要です」

「いずれ、シンクホールの原因について掘り下げる人が出てきますよね」

「原因は基礎工事です。ヨナさん、僕は素人じゃありません。シンクホールは、地下の岩石が溶解したり、地盤が弱いことでも発生します。地震などの内部からの衝撃や、地下水の枯渇、干ばつで地中が干からびたときにも。それらすべてを組み合わせて練り上げた原因が、塔の工事です。あの塔がわれわれのアリバイになるんです。工事の際、実際に砂漠に大きな負荷がかかったようです。そのせいでしょうか。人工的に作ったものなのに、どちらの穴も当初よりずっと広がっています。直径も、深さもね。思ったより事がとんとん拍子に運んでいる気がして、こちらが面食らってるぐらいです。もともとシンクホールってやつは石灰岩の地帯に発生しやすいらしいんですが、そんなことを気にするまでもなく、この地盤自体が、穴を掘るのにさほど手のかかる地質じゃありませんでした。放っておいてもいつか本

早川書房の最新刊

10
2023

●表示の価格は税込価格です。
＊価格は変更になる場合があります。
＊発売日は地域によって変わる場合があります。

ハヤカワ新書の最新刊

全盲の研究者はどのように世界をとらえ、変えてきたのか？

見えないから、気づく

浅川智恵子／（聞き手）坂元志歩

NFT電子書籍付版同時発売

eb10月

14歳のとき失明。ハンディキャップを越え、世界初の「ホームページ・リーダー」などアクセシビリティ技術を生み、日本女性初の全米発明家殿堂入り。現在は日本科学未来館館長とIBMフェロー（最高位の技術職）を務める研究者が明かす自身の半生と発想の源泉

新書判　定価1034円［17日発売］

『闇の自己啓発』等で注目の文筆家による『SFマガジン』の人気連載を新書化

闇の精神史

木澤佐登志

NFT電子書籍付版同時発売

eb10月

19世紀末ロシア、独立直後のジャマイカ、サイバー空間――様々な時と場所に現れた、「宇宙」をめぐる思想。分子となって銀河に散ばる全祖先の復活を唱える者、自らのルを土星に見出し異形の音楽を創り出す果てなき頭上の漆黒に、人は何を

新書判　定価1122円

一日で読む。一生忘れない。一冊に人類の戦史を凝縮

戦争と人類

eb10月

約一万年前のアフリカで起
戦争」から核兵器の発明
どの最新技術が投入さ
ナ戦争まで。文明の進
売すてきた戦争の歴

当に穴が開いてたんじゃないかと、そこにそびえ立つ塔が心許なく思えるくらいに。半分は人間の労働力、あとの半分は砂漠みずからが作り上げたものだと思っています」

シンクホールは、往復五車線の道路でも五分以内に呑み尽くす。ヘビが牙をむいて大きなカエルをひと呑みにするように、ふたつの穴は村のささやかな運動会をひと呑みにできる。時間はこれから、下水溝に吸い込まれていく排水のごとく、その出来事に向かって吸い込まれていくだろう。すでにその渦は起こっている。ヨナはただ、合流するか否かを決めるだけだった。

マネージャーはウイスキーを一本開け、みっつのグラスに注いだ。それからヨナの目を見つめて言った。

「なぜわたくしがヨナさんにこういった提案をすることになったのか、わかりますか？」

「さあ」

「ジャングルの社員だからというだけではありません。むろん、わたくしどもに旅行専門家が必要なのは事実ですが、それがすべてではありません。ヨナさんはこの提案を断らないだろうという確信があったから、こうしてお話しするに至りました」

ヨナは言い表しようのない不快感を隠すため、酒をひと口含んだ。

「わたくしが申し上げたいのは、あなたが韓国へ帰るつもりだったなら、すなわち、われわれの計画を聞いても相手にしないつもりだったなら、どんな手を使ってでもとっくにここを発っていたはずだということです。しかしあなたはここに残っている、わたくしはそんなヨナさんを信頼しています。人を見る目はたしかなほうですよ」

「わたしになにを望んでいるんです？」

「あなたはムイを返り咲かせる権限をもっています。このたびの再契約の担当者なのですから」

「わたしが許可したからといって再契約が成立するとは限りません。ジャングルの担当者はそれほどの絶対権力をもち合わせていませんから。いまのプログラムのままでは、どうあっても無理かと。すみませんが、事実は事実ですので」

「新しいプログラムだったら？」

「新しいプログラム？」

「八月にあれが起きたらすぐに、新しいプログラムを稼動するんです。ムイを舞台とする新しい旅行商品を。五泊六日だろうと五泊七日だろうとかまいません。専門家のあなたなら、ジャングルの視点で、また韓国の旅行客の視点で、じゅうぶん満足のいく商品をおつくりになるでしょう。ここに滞在しながら、現地を周って、プログラムを組んでみてはいかがですか？　あらかじめ準備しておけば、あなたにとっても会社にとっても悪いことはないはずです。事が起き、それを収拾すると同時に、ジャングルから新しいバージョンのプログラムを提供するのです。こういうことはあまり色褪せないうちに、タイミングよく動いたほうがいい」

「わたしにどういうメリットが？」

「その旅行商品についての全権を担うことになるでしょう。当ホテルは、あなたを通してのみ取り引きするつもりです。あなたの上司があっと驚く商品になると自負しています」

ヨナは、体の真ん中に小さな穴が開いたような気分になった。マネージャーは、その穴からヨナをのぞき見ていた。何カ月もかかりきりでようやく仕上げたプログラムが、白紙になったり横取りされたりすることが多々あった。現地の役所やホテルと信頼を築いておいて損はない。しかもいま示されているのは、水面下で手を組むという提案にほかならない。

ジャングルで、ヨナが出勤すると同時に始めるのは、夜のあいだに起こった災害の移り変わりとその程度を調べることだった。新聞記事やSNS、国家機関の情報を選別するのだ。そんな暮らしを十年続けた。だがこの数日、ヨナは方向を見失ってしまった気分だった。追跡を続けていたのにこの出張で中断せざるをえなくなった案件の数々はどうなったのだろう、そう思うと焦りがつのった。鎮海の商品についても、ヨナはまだ未練を断ち切れないでいた。あの都市の痕跡はいまも散り散りになって、海の向こうで見つかっているはずだ。鎮海に置き忘れてきた日常などなかったが、どういうわけか、自分の一部も木っ端微塵になって太平洋、あるいは大西洋へ流れ込んでいる気がしてならなかった。

昔いた前任者が思い出された。顔を見たことはなかったけれど、誰よりも知っている気がした。聞こえてくる話のせいだった。退職願を突きつけた前任者は、キムの説得の果てに半年の休暇をもらったそうだが、本人のいない所ではこんな噂が飛び交った。

「パク課長、おとなしい人だと思ってたら案外やるわね」

「なに言ってんの。わたしは見抜いてたわよ。したたかなとこもあるし、図太いタイプでしょ」

退職願を出したにもかかわらず上司から休暇を贈られたことについて、人々はパク課長がゲームに勝ったのだと考えた。ところが半年後、会社に復帰したパク課長は考課で最悪の評価をもらい、間もなく誰もが避けたがるポジションへ異動になった。こうしてパク課長は、今度こそ本当に退職願を出した。残った人たちのあいだでは、こんなことがささやかれた。

「わかりきった話じゃない。半年後ってことは十一月、ちょうど人事考課のシーズンでしょ。キムチーフは最初から、パク課長を最下位にするためにキープしといたのよ。それに、地獄送りになる人もひとり必要だったし。どうせ一度は辞めようとした人だから、わき目も振らず仕事に励んでる同僚たちの犠牲になってもらったってわけ。どうりで、柄にもなく必死に引き留めてると思った。ここまで人を利用できるなんて、ほんとおみそれするわ」

パク課長の辞職願が受理された直後、ヨナがそのポジションを埋めることになった。しばらく空席だったとはいえ、前任者の痕跡はそこかしこに残っていた。企画書のフォーマットには至るところにパク・ソンドンという名が残っていて、一つひとつ修正しなければならなかった。パク課長がどんな人だったかと尋ねる電話も数本あった。いきなり「パク・ソンドンさんはどんな方でしたか?」と訊かれ、ヨナは、電話の相手とその隠れた意図を読もうと苦心した。パク課長がほかの会社に履歴書を送ったのかもしれず、本人のことはよく知らなかったものの、親しかった人のように、いい人だったかのように、だがわざとらしくならないように答えたものだった。

ヨナはふと、電話をかけて「プログラム三チームのコ・ヨナさんをお願いします」と言ってみたい衝動に駆られた。どんな言葉が返ってくるのか。空席であるべき所に、すでに後任者が座っていたりはしないだろうか。

ヨナは自分の前に置かれた透明なウイスキーグラスを見つめ、その裏に潜むものについて考えた。そして、この出張の意味について。担当者である自分がまだここにいるのに、自分をスキップして送られたジャングルのEメールについて。ヨナは結局、認めざるをえなかった。どうやら、自分もかつての前任者と同様のやり方で処理されたらしいと。あるとき突然発生するのかと思いきや、じつはその裏で、長い時間をかけて力を溜め込んでいたシンクホールのように、自分もそうなったのだと。

「真の災害とはなにかご存じですか？」

マネージャーがヨナに訊いた。

旅の一行はマネージャーについて、いかにもムイの人らしい容貌をしていると言っていたが、ムイの人らしいかどうかを見極める基準をヨナはもたなかった。マネージャーは浅黒い肌をしていたが、ベルエポックのほかのスタッフたちに比べるとやや白いほうだった。体格もずっとよく、しばしば高圧的な表情を浮かべた。いまのように。

「ほかでもない、災害後です。そのとき、生と死が再びふるいにかけられるからです」

そうかと思えばたちまち、限りなくやわらかで慈愛に満ちた表情を浮かべるのだった。彼はそれまでの高圧的な表情をドラマチックに崩してから、低い声でこう付け加えた。

「災害のあとに訪れる真の災害から、最大限にムイを救うこと。それがヨナさんの役目です」

運命を左右するのは、一瞬だ。マネージャーの提案はヨナにとってチャンスかもしれなかった。ヨナはしばしグラスをもてあそんだ。むろん、罠である可能性もある。でも、もしもキムなら、キムがいまこの状況にあったら、彼は楽しんだかもしれない。

マネージャーと作家がグラスを高く掲げ、ヨナは彼らの半分ほどの高さまで持ち上げた。みっつのグラスが空中でぶつかった。ウイスキーが体の芯を熱くした。

五　マネキンの島

ホテルに客はなかった。オフシーズンだった。七月から十一月までは天候がすぐれず、観光客の足もぱたりと途絶えるのだった。災害には乾期も雨期もないけれど、災害ツアーにおいて降水量や温度、湿度などは重要なポイントだ。ヨナの一行が初めてここにやって来たときも、すでにオフシーズンに差しかかっていた。

朝の空はいつも澄んでいた。午後が深まるとどしゃぶりの雨が降りはしたものの、あらゆる騒音と湿気は夜のあいだにきれいに飛んでいった。ヨナはバルコニーに立って下に海、上に空を見た。空は、爪でうまくこそげればぺろりと剝がれて、その後ろに同じ空が現れそうに思えた。振り落とすべきところで、ムイはあっさり振り落とされることなくしがみついていた。必要の前に法律なしとはいうものの、ムイはない穴を掘ってまで大々的な詐欺を企てている。ムイは様々な面でヨナと似ていたが、ヨナよりずっと積極的だった。

この数日間の出来事を踏まえ、ひとつはっきりしたことがあった。ヨナにもここでの役目ができたということ。それは、永遠に解けそうになかった問題の数々が容易に解けるだろうことを意味した。明くる日、ホテルのスタッフがホーチミン空港からヨナのキャリーケースを持ち帰ったことからもよくわかった。パスポートと財布はいまだに行方知れずだったが、その大きな、数日のあいだにどこかよそよそしくもなったキャリーケースを見るや、心がふっとやわらいだ。

ヨナは、状況をはっきりさせるために契約書を作成した。骨子となるのは、ヨナが七月中にツアープログラムの完成版をマネージャーに渡し、ムイとジャングル間の取り引きはすべてヨナを通じて行なわれるという内容だった。ヨナは八月最初の日曜日の前日にここを離れることにしたのだが、ムイに一週間以上滞在するには許可が必要で、それはヨナも例外ではなかった。その許可なるものは、ポールからもらうらしかった。

「ポールが税金を払ってくれていますからね」

マネージャーが言った。ポールはムイへの投資を通じて、様々な権限を有していた。マネージャーは、ポールにヨナの滞在許可証を申請しておいたと言った。一週間以内に結果が届くだろうとも。ヨナがまずするべきことは、ムイをひととおり見て回ることだった。マネージャーはヨナに足を用意してくれた。ヨナが二ドルを渡した男、ラックだった。

マネージャーは車を使うように言ってくれたが、ヨナは最後まで遠慮した。ラックの年季の入ったバイクのほうが楽そうだったからだ。トラックの事故を目撃した日、ほとんど気を失いそうになっていたヨナをホテルまで運んだのもそのバイクだった。ところどころ、鱗が剥がれ落ちたかのように色が剝げ落ちたバイク。

「あの日はお礼も言えなくて。お名前、ラック、でしたよね？」

「覚えてたんですね」

「わたしの名前は、知ってますか？」

ラックはかぶりを振った。

「コ・ヨナです。これ、あのときも見たんですけど、綴りが間違ってますよ」

ラックの顔がかすかに赤らんだようだった。ヨナはバイクのボディに書かれた、ㅊ《チウッ》ともなんともつかない文字を見た。ㅊの上に横棒が付いていたからで、そう教えてやった。

「경축《慶祝》？　意味は知ってるんですか？」

ラックは照れくさそうに答えた。

「いい意味ですよね？」

「そりゃまあ」

「ラックは英語が上手だけど、韓国語もできるみたいね？」

「勉強中です。まだ少ししか」

ラックは、マネージャーの決めたリサーチコースを教えてくれた。今日の行き先は火山と温泉の一帯だった。ヨナはそのメモをくしゃりと潰した。

「順番はわたしが決めるわ」

ふたりはまず、島の一周道路に沿って走りだした。ムイは横に長い楕円形の島で、一周道路は島をぐるりと巡ってはいたが、道全体が海岸線と並行しているわけではなかった。一部の道路はずっと内側に寄っていて、そのために一周道路とはいえない部分もあった。一周道路をひと回りすると、ふたりは舗装路から外れ、道なき道を走りもした。

道なき道を走るとき、ヨナの体は否応なしにラックのほうへ傾いた。ヨナは、数日前に自分をファンティエットまで送ってくれた男の言葉を思い出した。バイクに乗る姿勢でどんな関係なのか見分けがつくという言葉を。あのときヨナは、夫婦でも恋人でも友人でもない、荷物のように座っていると言われた。どういう座り方なら荷物でなく人でいられるのかわからなかったが、たしかなことはいま、ヨナに負けず劣らずラックも緊張しているという事実だった。ラックは未舗装路に差しかかるとヨナにしっかりつかまるようにと言ったが、いざヨナがラックの肩をつかむと、多少の緊張を隠せないようだった。舗装路では、ヨナはラックのTシャツのすそを握るようにしていたからだ。

背中にも表情があるのだとヨナは思った。たかが動作ひとつに戸惑う自分と、同じように戸惑う相手を見て、くすぐったい気分になった。ヨナが便利な車をよそにこのおんぼろバイクを選んだのは、なんとなくこちらのほうが楽そうに思えたからだ。車よりフットワークが軽そうだったし、マネージャーの介入からも自由になれそうだったから。車でのリサーチとなれば、折に触れてマネージャーが同乗することもありえた。ところがいま、ラックの背中に淡い感情をかき立てられ、ヨナはどことなく気詰まりになった。それは、マネージャーがもたらす気まずさとは異なる、また別の種類の緊張感だった。

ひと晩ホームステイをしたウンダ族の水上家屋は、予想どおり静まり返っていた。ゴムだらいでぷかぷかと漂っていた子どもたちや、水上の学校を往来していた小舟は見当たらない。すべては営業日にのみオープンするセット同様、いまはぴたりと休止している。

ただし、ひとりの子どもに見覚えがあった。子どもは井戸端にいた。井戸にも見覚えがあったが、それを使っている者はいなかった。大学生が文字を刻んで立てた標木や、教師の娘が周りに植えた苗木はすでになくなっていた。井戸にはちょうどそれように作られたとおぼしき蓋がかぶせられ、掘ったぶんを埋めるつもりなのか、そばに土砂が積まれていた。

子どもはヨナを見つけると、少しのあいだ〝一時停止〟していた。ヨナはその刹那、子どもの表情が白々しく変わるのを見た。子どもはいつしか、母親を亡くして悲しみに暮れた顔になって、ヨナに「お母さん？」と呼びかけた。先日はそのしぐさと表情にぎゅっと抱き締めてあげたいと思わせられたものの、いまはその逆だった。ヨナは後ずさりした。ラックが近づくと、子どもはあっという間に姿を消した。

　子どもが去ったその場所で、老いた犬がちらりとヨナを見てから、うつむいた。旅行中は犬さえも災害のひとかけらのように映ったのに、いま目の前にしている犬はきわめて平凡だった。子どもが寝転んで遊んでいたハンモックはいまやただの網となり、見えない風を引っ掛けるばかりだった。ハンモックの下に寝そべっていた犬は、眠りについた。そして、その上で軽やかに揺れる青いハンモック。一見すると、ハンモックは犬の背中に生えた青いマントのようでもあった。

「ここにナムって女性がいたんだけど、知りませんか？」

「ナムはよくある名前なので。みんな、客がいるときだけここに出勤するんです」

「そのナムさんたちは、ウンダ族には違いない？」

　ラックは薄く笑った。

「そういうのは無意味です」

「どうして？」

　ラックは少し考えてから、こう答えた。

「もっと大きな区分があるからです」

　その区分とやらがなにを意味するのかは、次のコースでわかった。ラックは本物の水上家屋を見せようと言った。ヨナも〝本物〟が気になっていたところで、ふたりを乗せたバイクは風を切るように走った。

　赤い砂漠を過ぎると、その向こうの海に無数の水上家屋が現れた。白い砂漠のそばにあったセットとは比べものにならないほどの数だった。あちらが許可された偽物の家だとしたら、こちらは無許可の本物の家だった。ムイの人口の三分の一がここに住んでいた。

「だいたい三百人ほどで、乾期にはいなくなり、雨期になるとここに来るんです。ああやって舟に家を載せて」

「なんだって本物を差し置いてセットを作ったのかしら？　観光客はこんな場所があることさえ知らないわ」

「ここは無許可エリアです。ムイはこの人たちを受け入れていません」

「この人たちが本物のウンダ族なの？　それともカヌ族？」

「そういったことを気にする人はもういません。ここにいる人たちは税金を払えないほど貧しい、それだけです」

〈ワニ出没注意〉という案内が、傾いた状態で水の上に顔を出していた。かつてここには体長五メートルほどもあるイリエワニが出没することもあったそうだが、いまは見当たらず、無許可の水上家屋だけが残っている。乾期に一度移動した住民たちは、雨期になると海に戻ってきた。問題はいつも、彼らが海辺に戻ってくる雨期に起きた。ポールは彼らに居住許可を出さなかった。ポール以前も同じだった。

彼らは昔から、ムイの権力層と不仲だった。やがて暗黙のルールができた。観光客がムイに滞在するのは、月曜の夜から土曜の午前まで。そのため、月曜の午後八時から土曜の午前十一時まで、彼らは〝観光地〟に近寄れないのだった。雨期はオフシーズンで、ほとんどの日は観光客が皆無であるにもかかわらず、水上家屋の住人たちが通行することは許されなかった。

「雨期に入って困るのは、ワニが陸に上がってくることです。たいていの動物はお腹が空いていなければ狩りをしませんが、ワニは例外です。ワニは空腹だろうと満腹だろうと、動くものならなんにでも噛みつきます。一度噛みつけば、目を刺さない限り放しません」

マネージャーは、ワニの出没地域を見て来たというヨナにそう言った。危険だから、そちらへはなるべく行かないほうがいいとも加えた。彼のデスクの上には、大きなムイの地図が広げられていた。ムイの全体図を見るのは初めてだったが、地名が記されているのは数カ所だけで、さほど親切な地図とはいえない。マネージャーは五カ所ほどを赤いペンでチェックすると、これらのエリアを必ずツアープログラムに入れてほしいと言った。そのなかには、ヨナがお払い箱の第一候補としていたエリア、つまり、火山や温泉も含まれていた。

「あれを火山と呼べるんでしょうか。かえってこの商品の全体的なイメージをあやふやにしてしまう気がします。必ず入れたいという理由はなんですか？」

「ヨナさんは専門家ですから、じゅうぶんに的を得たご意見だとは思います。ですが、現地の思い入れも考慮していただければと」

マネージャーはヨナのコーヒーにフランス産の角砂糖をふたつ入れながら言った。

「ここでは、火山は神聖視されているのです」

「でも、観光客は外部の人ですし、外部の人の目には火山のように映りません」

ヨナは心血を注いでムイのプログラムを組んでいた。火山は端から対象外だった。マネージャーがそこまで火山にこだわるのは、その神聖さや現地の人々の思い入れとはまったく無関係の理由からだった。のちになってわかったのは、火山一帯がポールの所有地だということ。ラックがこっそり教えてくれたのだった。

「ひょっとして、赤い砂漠一帯もポールと関係が？」

「U字形に砂漠を取り囲んでいる土地があって、ひと目でポールが買い上げた土地だとわかります。そこだけ土地が肥えてるんです。普通の人は出入りできません」

ヨナは〈ワニ出没注意〉という案内が立っていた辺りを思い浮かべた。そこもまたU字の一部だった。その地域に暮らす水上家屋の住人たちとポールとのあいだにたびたび摩擦が起こるのは、そこが肥沃な土地だからでもあった。ポールの所有地は、赤身に付き物の脂身のような格好でくっついていた。八月の最初の日曜日が過ぎれば、ポールのよく肥えた大地に黄金の卵を産むガチョウたちが群れることだろう。ヨナは最終的にマネージャーの要求を受け入れ、プログラムに火山を追加した。自分が、ムイ全体よりも限られた人々の懐を温めるために利用されているようで気が重かった。だがしかし、そうでない職場があっただろうか。ここへきてようやく、なぜマネージャーがツアープログラムをあらかじめ組んでおきたがったのか、なぜ自分にこの仕事を頼んだのかがわかった気がして、ヨナの頭はいくぶんすっきりした。おまけに、その限られた人々の利益を考えれば、そこには自分が得られるメリットもありそうに思え、ヨナはぐっと口を閉ざした。

外は雷がとどろいていたが、マネージャーのオフィスではそんな音も聞こえなかった。ヨナは、火山の噴火口のすぐそばにレストランかホテルを建ててはどうかと提案した。不安をかき立てる場所は、観光客にとって訪れるだけの価値がある。マネージャーはそこが完全な死火山ではないと心配したが、少しすると、噴火口近くの観光施設がもたらしうる魅力を前向きに検討しはじめた。

作家は朝食の時間を除くと、一日中バンガローで執筆に没頭していた。ヨナが彼に会えるのも朝食のときに限られていた。作家は毎日、充血した目と乱れた前髪という姿で現れ、だるそうに卵料理を注文した。ヨナからすれば、韓国語を話せる唯一の時間でもあった。ある面で彼は（ひとえに彼が韓国人だという理由から）、遠くに置いてきたヨナの日常、すなわちジャングルをはじめとするあらゆる過去を思い出させた。日常を想起させるという点で役立っていた。彼もまたヨナに似たような感情を抱いているのかもしれず、たびたび「僕たち韓国人は」とか「僕たちの国では」とかいう言葉を口にした。

「ヨナさん、どんな災害が話題になりやすいか知ってますか?」

「さあ」

「すべての災害が人目を惹きつけることはできませんよね。話題になるポイントはちゃんとあるんです。普通は、次のみっつの要素を満たしてなきゃなりません。まず、規模が一定以上であること。地震なら最低でも六・〇。火山なら爆発指数が三以上。並大抵の数字じゃニュースにもならない時代ですからね。ある程度の規模があって初めて、忙しい人たちが足を止めて同情し注目してくれるんです。なにせ世の中は刺激だらけで、関心ってやつは正直ですからね。ふたつめは、新しい地域であること。よく聞く地名じゃおもしろくないし、珍しくもない。よほどのスケールじゃない限り、新しい地域、あまり知られていない地名じゃなければ、人は注目しません。考えてみてください。画面にすっかり崩壊した町が映っていて、それが普段から見ていた文字の看板や信号体系、あとはそうだな、いつも見ていた人たちや服装だったら、ちょっとつまらなく感じませんか? 憐れむ気持ちにも飽きはきますからね。ところが、目新しい世界がそんなふうに凄惨な姿で眼前に現れると、これまで刺激されていなかった新しい細胞が触発されて、人々は新鮮な哀しみを感じられる。最後は、これがいちばん大事なんですが、物語です。災害が起きたあとに人々が新聞を見る目的は、災害のむごたらしさを見ようというのもあるけど、そんな満身創痍のなかで芽生えた感動の物語を見つけるためでもあるんです。それは普段、僕たちが忘れがちなものです」

作家は自分の言葉に酔いしれているように見えた。その身振りは、話が長くなればなるほど大きくなっていった。空中で回転し、跳ね上がり、くるくると上昇をくり返していた手は、とうとう皿の上へ下りてきたかと思うと、誤ってフォークを引っかけてしまった。作家は誰かがフォークを拾ってくれることを期待したものの、使いかけのフォークを片付けたり新しいフォークを運んできたりする人がいないことがわかると、苛立ちをあらわにした。

「まったく、これだから。管理がなってないんだよなあ」

作家は隣のテーブルからフォークを持ってきた。テーブルはつねにいくつかセットされていたが、実際に食事をするのはヨナと作家だけだった。

災害ツアーを組む際に必要なのは、どの角度から切り込んでも誰もが感動でき、悲しめる災害の断面が現れるよう工夫すること。詰まるところ、人々の瞳孔を刺激するのは強烈なイメージだ。とくに、マスコミを通じて災害の瞬間に立ち会う場合、災害の実態はイメージに支配される。実際、似たような時期に似たような規模で起きた災害を見比べると、被害規模と義捐金ないし関心は必ずしも比例しないことがわかる。ある都市は数行のニュースに留まってすぐに忘れ去られるかと思えば、ある都市はより濃密な関心と多くの義捐金を得る。それは、廃墟と化した都市をたくみに写し取った数枚の写真と、その写真にまつわるとっておきのエピソードのためだ。人は、自分の目により悲しく映り、より助けたいと思うほうへ動く。それには、現地の人々の暮らしがどれほど疲弊しているかが見て取れなければならず、最適なのは、疲弊した暮らしに寄り添えるケースだ。作家は、その疲弊した暮らしのディテールを演出するために苦心していた。人は美談の前では寛大になりやすく、そのため大きな創意性を要するわけではないが、問題は誰が死ぬのかという点だった。すでに作家の手帳には、数十とおりの死亡事例が書き留められていた。母親と息子、結婚を目前にしたカップル、生涯仲むつまじかった老夫婦、新生児以外が皆殺しにされた家族、子どもたちを守って死んだ教師、幼子を残して死んだ夫婦、家族のために飛び込んでいった老犬。

ヨナは初め、死者の演出に〝マネキン〟が使われると聞いていた。偽物ではなく、本物のマネキンが。つまりマネキンと呼ばれているだけで、実際は人の死体だった。マネキンに家族はいないが、死んだ人間には遺族などの残された人々がいるものだ。家族や知人の遺体を火葬場に預けるとき、一部の人々はこの死体がすぐに火葬されることなく、ムイの医療の発展のために使われてもかまわないという同意書にサインした。その対価として残る人生を耐え抜くお金を受け取り、たとえじゅうぶんな額とはいえなくとも、その選択をとがめる人はさしていなかった。彼らの同意のもとに集めた死体は〝マネキン〟と呼ばれ、冷凍庫に保管された。かくして冷凍庫に保管されてきたマネキンは六十体ほどになり、そのうち最も古い死体が半年前から腐敗しはじめた。冷凍庫のなかで、じわじわと。少なくとも八月の最初の日曜日まではもちそうな速度で。

そのマネキンたちこそ、八月の運動会でもっとも重要な役目を与えられる主人公たちだった。マネキンは八月の最初の日曜日、シンクホールのなかに放られる。抜かりなく事件を封じるためなら、その地獄のようなシンクホールに放火が伴う可能性もある。どう見ても〝医療の発展〟とはまったく無関係に思えるが、ヨナは自分が割って入る問題ではないと考えた。

マネキンに名前と背景を与えてやる必要があり、それが作家の仕事だった。本人たちが聞いたこともなかった物語が割り振られた。互いに知らない、知っていても親しくはない、まったく違った関係にあった人たちが、同僚となり家族となり、恋人同士となった。いずれにせよ彼らはいま火葬場の冷凍庫で、いまだに焼かれることなく沈黙している。これは美談をつくり上げるときによく使われる手法だと、作家が言った。

「死んだ人をもう一度殺すのかという見方もありますが、ある意味では復活でもありますよね」

「遺体を寄贈する人は多いんですか？」

「交通事故の場合はほとんどが。たいていの原因が交通事故ではありますが」

「交通事故？」

「ここでは車の事故で歩行者が死んでも、さほど重い刑罰を科されません。むしろいちばん困るのは、歩行者がひどい負傷にもかかわらず命だけはつなぎとめてるって状態です。その人の人生を背負うことになりますからね。家長だった場合、その家族のぶんまで。いっそ死亡について示談するほうがまだ楽なので、おおかたの人はそっちを選ぶようです」

アコーディオンの老人を故意に轢いたトラックを思い出し、ヨナは目をつぶった。吐き気がするようだった。

「それで人を殺す、ということですか？」

「走ってる車のほとんどはトラックのたぐいなので、それでもう一度轢くんです。僕も最初はびっくりしましたよ。でも、かたちが違うだけで、こういうことは韓国でもしばしばありますよね？」

どこからか大きなクラクションの音が聞こえてきた気がして、ヨナはフォークを落としてしまった。すぐに拾ったものの、新しいフォークも持ってくるほどの食欲は残っておらず、ヨナはそのまま席を立った。

用意されていたのは死者だけではなかった。負傷者と、無傷の目撃者もまた手配されていた。その人たちこそ、生きた演技を披露しなければならなかった。男1、2、3、女1、2、3という具合に役を割り当てられた人たちは、いくつかの台詞をもらった。

「床と壁にある日突然ひびが入ったんです。ドアと窓もうまく閉まらないし。なんだか変だと思いはじめてからずいぶん経ちますよ」

「地面に年輪みたいな模様の亀裂がよくできてるんで、変だなあ、なんだろうなあって思ってたんです。それが、こんなふうに突然地面が崩れ落ちるなんて思いもしませんでした」

「ものすごい轟音が聞こえて、外に出てみたら、すべてが崩壊していました。足元にぽっかり穴が開いてたんです。姉がなかに吸い込まれていくのが見えたけど、どうにもできませんでした。本当にあっという間だったんです」

彼らはこの事件のあとに必要な、インタビュー用の台詞をあらかじめ練習していたのだった。その見返りは通常、ムイの労働者の半年分の給料に相当した。志願者は多かった。つまり、死者役はすでに死んだ者が、生存者役は生存している者が準備していた。

ヨナは浜辺に出た。水平線がベルエポックを塀のように囲んでいた。初めはそこに安らぎを感じたが、いまはそのせいで心なしか窮屈に思えた。ここはただの、ちょっと大きな劇場にすぎないのだとヨナは自分に言い聞かせた。海の上に浮きのようにたゆたう、沈没も安定も訪れることのない、空虚な劇場。

ヨナはラックと〝慶祝〟で走っているとき、火葬場を見かけたことがあった。火葬場といっても、半年前から煙がのぼることはなかった場所。大型スーパーと勘違いしそうほど、制服姿の職員たちがせわしなく行き来していた。おそろいの黄色いベストを着て、ポールのロゴが入った帽子をかぶって。あたかも店に新しい商品を運び入れるかのごとく、彼らはそれぞれの担当区域できびきびと動いた。いましがた到着した遺体がいくつかあるようで、布をかけた担架をあちらへこちらへと運んでいた。その様子を見ていると、彼らが運んでいるのがかつて生きていた存在だとはとうてい信じられなかった。規格化された商品のようだった。

背筋がひやりとしたと思ったら、激しい雨が降りだした。ラックは火葬場の入り口に置かれていたパラソルを引き抜いて、傘代わりに掲げた。ヨナとラックのふたりくらいなら収まって余りあるほど大きく丈夫な傘。傘ひとつで、四方が静かになった。

「ラックはわたしがどんな仕事をしてるか知ってるの？」

「ツアープログラムを改編しようとしてるんですよね」

「わたしが見落としてることもあるだろうから、役に立ちそうな情報があれば教えてほしいの。災害旅行の足しになりそうな、ムイの情報があれば」

災害旅行という単語をそのまま使いながらも、気がかりではあった。ラックもムイの住民であることに変わりはないのだから、不快に思うかもしれない。だがラックの返事は意外なものだった。

「どうでしょう、はっきり言って、ここにどんな災害があるのかよくわかりません。観光客が押しかける前は、本当になにもなかったんです。なにもないだけで、それが災害ってことではないでしょう？」

そう聞いて、ヨナは言うべき言葉を失った。ムイは貧しかった。でもそれは、外部の見方なのかもしれなかった。よそ者の観点からムイを災害地域に分類するのは傲慢なことかもしれない。いつしか雨脚が弱まり、パラソルに鳥が羽ばたいたときのような最後のしずくがぱらぱらと落ちてから、雨は上がった。

夕陽をぶら下げた空が赤い。今日の最後の夕陽を浴びて立っているヤシの木々が、トーテムポール《チャンスン》のように見える。あるいはハロウィンの日の、目と鼻と口をぽっかり開けて明かりを灯すカボチャのように。次はどこへ、と訊くラックに、ヨナは言った。

「ムイであなたがいちばん怖いと思う場所はどこ？」

ラックはある場所を選んだ。夜が駆け足で訪れた。島のあらゆるものがひとつ、ふたつと休止していくなか、今日の最後の目的地が見えてきた。そこにはいまこの瞬間も育ちつづけている動物的な木があった。成長抑制剤が必要かと思われるほど驚異的な力を宿した木々は、その名も〝絞め殺しの木〟。硬い岩も、その木のうごめく野生の前では歯が立たなかった。砕けて転がる岩は、生首を思わせた。

「こういう木、どこかで見たわ。アンコール遺跡にもあった。建物ごと呑み尽くしてしまう木」

ヨナが木を見上げながら言った。ラックが木を叩きながら応じた。

「これは少し違います。これは、ここにしかない。この木にまつわる伝説があるんです。まだ小さい僕に、母は言いました。この木の前に立つと幽霊が見えるんだって。僕が悪いことをしたらこの木に逆さ吊りにするよって」

「悪いことって、どんな？」

「大したことじゃありません。きょうだいと殴り合いのけんかをするとか、そんなこと。そしたら母がこう言うんです。『あんたたちふたりとも、あの木に逆さ吊りにするよ』って。けんかはそのひとことで終了です」

「いまもそう言われて縮み上がる子がいるかしら？」

「いまはちょっと違います。もう誰も、この木の前で幽霊が見えるなんて話はしません。代わりに、この木の前に立つと自分の恐怖心と対面できるとか。自分が恐れるものが、この木の前に立てば見えるそうです。真夜中に」

ヨナはラックと一緒にその木のぐるりを巡った。ふたりがめいっぱい腕を広げても、幹を囲うことはできなかった。

「あなたは？　あなたはなにを見たの？」

「子どものころは母を見ました。変だな、母さんは幽霊じゃないのに、どうしてあの木の前に行くと母さんが見えるんだろうって、不思議でした。いま思えばじゅうぶん納得のいく話ですよね。あのころ僕がいちばん恐れていたのは母でしたから。父は亡くなってから見えはじめました。亡くなっているんだから幽霊ととらえてもおかしくはありませんが、そういうわけではなくて」

「亡くなったあとに、よく思い出したのね」

「ええ。目には見えなくても、なんだかいつも見られている気がして、ちょっと怖かった」

「いまはどう？　お父さんが見える？」

ラックはゆっくりと木を見た。鳥の群れが低く飛び、木の葉がざわざわと揺れた。また別の群れが嵐のように飛び去ったとき、ラックの前にはヨナが見えた。

「そろそろ戻らない？　もうずいぶん暗いわ」

ヨナが言った。帰り道、ラックの足取りが速くなると、ヨナはラックの先に立って言った。

「お願いなんだけど、なんだか怖くて。わたしの後ろを歩いてくれない？　後ろがいないとよけいに怖いから」

ラックが歩をゆるめた。ラックを影のように背負ったヨナが言った。

「いくつなの？」

「二十三です」

後ろから返事がした。

「わたしはいくつに見える？」

「二十三」

「嘘」

「いくつなんですか？」

「二十三……」

ヨナは本当に二十三歳になった気分だった。この十年がすっぽり抜けてしまったかのように。まだ太陽の名残りを感じる、けれど夜が支配する時間、ヤシの木の黒いシルエットは生きた動物のようだった。しなやかに揺れる長い胴体、つんつんと尖った頭、つややかな肌をもったその動物に向かって、ふたりは歩いた。

ヨナが練り上げたプログラムの内容は、この十年間見てきたどんなプログラムよりも興味をそそった。一泊二日の砂漠キャンプと、絞め殺しの木の下で天体望遠鏡をのぞくように小さな穴に目を当てるというアイディアは、われながらすばらしかった。ある意味では過去の災害と重なるところがあるから、なおさらそう感じるのかもしれない。このツアープログラムの難点はただひとつ、ジャングルが前提とする災害の枠に収まっていないということだった。これは自然災害として伝わるだろうが、実際は自然災害ではない。一部人間の過誤によるものとして伝わるだろうが、人間の過誤ではない。これはもっぱら、故意によるでっちあげだった。もちろんそれは、誰にもばれてはならない。

この計画の顚末を知っているのは、実質三人だけだった。マネージャー、作家、そしてヨナ。しかしその穴を掘り、この件について直接または間接的に証言する人々まで合わせると、すでに数百人にのぼると見られた。にもかかわらず、マネージャーは、作家とヨナさえ口を閉ざせばこの事件について騒ぎ立てる者はいないと確信していた。それは、それ以外の人々は分業化されたシステムのなかで、しごく部分的にしか関わり合っていないからだった。すなわち、穴を掘る人たちもそれがなにに使われるものなのか正確には知りえず、火葬場で遺体を冷蔵庫に運ぶ人たちは遺体を冷凍しなければならないという事実を知るのみだった。トラックを運転する人たちが知っているのは、その日の目的地がどこで、何時までに行くべきかということだけだったし、証言をする人たちはひたすら自分の台詞を覚えるのみだった。プロジェクトの目的と名前は、それぞれに違っていた。

ヨナも同じだった。これは仕事だった。作家の口からシナリオを聞いていると、悲しい本や映画を観ているときのような感覚になった。もうすぐ現実に起こることだとはとても思えないほど、この状況をまだ漠然としか感じていなかった。

まだ現実的に思えたのは、自分の滞在許可がいまだに届いていないことだった。マネージャーからは、ポールの業務が立て込んでいると対応が遅いこともあるからあまり心配しないようにと言われたが、その言葉のせいでヨナはかえって不安になった。

「滞在許可が出ない場合、どうなるんですか?」

ムイに来てすでに二週間近く経っているヨナとしては、運動会を一週間後に控えたいま、ポールの滞在許可証がどれほどの意味をもつのかとらえがたかった。そんなものがなくても、こうして無事でいられたではないか。おまけに、最も重要なこと、すなわちこの旅行商品のプログラムはヨナを通じてのみ実現するという契約書もすでに書き上げていた。契約金というかたちで受け取ったお金もある。実質、ポールがヨナに対してどんな権限を行使できるのかは疑問だった。

「形式的なものではありますが、許可証なしに外部の人間が一週間以上滞在した例はありませんから。原則です、一種の」

「いまわたしは不法滞在中ってわけですね」

「形式的なものですから、そこまで気にすることはありません。じき許可証が届くでしょう。それより、プログラムの進み具合はどうですか？　完成のめどがつけば見せていただけるんでしょうか」

ヨナは、ようやく実地調査が終わったところだと言った。そして、細部を詰めるためにもう少し見て回るつもりだと。じつをいうと、ヨナはあえて日程を長引かせていた。カードゲームのように、ここぞというタイミングを見計らう必要があった。マネージャーは親切でこそあったが、どこか信頼の置けないタイプだった。なにかにつけキムを思わせた。ヨナは彼のペースに巻き込まれないよう注意しながら、なるべくプログラムのお披露目を先延ばしにしようとしていた。

理由はほかにもあった。毎朝のようにラックのバイクでムイの至る所を走って回ることに、実地調査以上の意味を見出していた。バイクで走っていると、ムイの新しい顔が見えた。砂漠は砂漠でなく、おっとりとした巨大な動物としてそこに横たわり、砂嵐も肌に刺さる感覚はなかった。だが、ヨナがなにより知りたかったのは自分の連れ合い、ラックだった。ムイの風景も、ラックを通してみるとまったく異なって見えた。ヨナとラックは、お互いの言葉を少しずつ教え合いながらムイを散歩した。何度でも。

ラックはたくさんの話を知っていた。聞いたものもあれば、その目で見たもの、経験したものもあった。ムイにはがらんとした路地がそこかしこにあった。人々が去ったか、路地が先になくなったか、ふたつにひとつだった。ラックとヨナはそのがらんとした路地をゆっくりと巡った。緑色の門の前でラックが立ち止まった。

「チョリが住んでいた家です。いまはみんな引っ越してしまいました。チョリは三年前に、九つで死にました。ムイの人気が最高潮だった時期に。観光客が押し寄せて、チョリもほかの子たちのように観光地で働いていました。体格もよく仕事もできたから、砂漠ツアーの荷物運びで稼いでいたんです。ほとんど一日中。体調がよくないときも例外はありませんでした」

そうして仕事にいそしんでいたチョリは、観光客の荷物の下敷きになって死んでしまった。あっけない死だった。チョリがその日背負っていた荷物は六十キロにも及んだものの、それはチョリがそれまで背負ってきた荷に比べて軽いほうだった。チョリは圧力釜や鉄板、プロパンガスやらの下敷きになった。砂漠の真ん中でサムゲタンやサムギョプサルを作って食べようというプログラムの一環だった。チョリはそこで倒れ、ガイドはスケジュールに滞りが出たことを謝った。観光客が去ったあと、チョリはあえなく死んだ。

話は続いた。ふたりの歩みよりも速く、ふたりの歩幅よりも大きく、あとを追いかけてきた。三年前、普段どおり岸へ出ていったひとりの漁夫は、変わり果てた姿となって帰ってきた。そこはもう、彼が立ち入れる岸ではなかった。いまはリゾートホテルが建ち、観光客のためだけの場所になっていた。さも憐れみを誘いそうな泣き方をしていた子どもは、三年前にいきなり〝抜擢〟され、砂漠にある水上家屋のセットに配置された。その子どもは終始一貫して泣いていた。観光客はその姿にカメラを向けた。ひとつ、またひとつと年を重ねるにつれ、子どもの目から涙が消えていった。やがてセットから追い出された。

ラックは続いて、ウエスト四十インチのズボンを穿いたペンキ屋の男と、その恋人について話しはじめた。男は突き出たお腹のせいで腰より下の壁を塗るのがつらく、だからふたりはいつも一緒だった。壁の上側は男が、男の腰より下側は彼の老いた恋人が塗った。ふたり一緒に取りかかって初めて、壁は完璧に仕上がった。死ぬときもふたりは一緒だった。ペンキを塗っていた壁が崩れたのだ。壁が崩壊する瞬間、男は女を見、女は男を見た。二人の目が閉じるより早く、心臓が止まった。彼らはそうして家とともに潰れた。

それはラックの両親の話だった。村が倒壊しても生き残った人々はいたのに、ラックの両親は家のなかで死んだ。ラックにとっては両親の顔よりも、その話の一場面のほうが脳裏に焼きついていた。再生しすぎてぼろぼろになってしまったフィルムのように。だからこそ淡々と話すことができた。当時の家がそのままあった。本当に片側の壁が抜けていて、屋根もないために、まるで演劇の舞台のようだった。壁がいっきに崩壊したのは塔の工事のためだった。赤い砂漠の塔の建設中、なんらかの理由で周辺の住宅街が倒壊した際、この家にも赤黒い土がなだれ込んだ。ヨナはラックのあとについて家のなかへ入った。土埃も一緒に舞い込んだ。

ムイの一方では砂漠化が進み、他方では都市化が進んでいた。砂漠は少しずつ面積を広げつつあり、都市も少しずつ面積を広げていた。だがこれらの事実も、いざ砂漠の真ん中に立っているあいだは停止状態にあるなにかでしかなかった。いま現在、砂漠は人の目に収まるほどの大きさで、動くものはなにひとつない。所々に植えられたサボテンも警告灯のようにぴたりと動かない。時折行き交うタイヤが巻き上げる砂交じりの風、そして、タイヤがなくともみずから起こる砂漠の風のみで。

バイクは砂漠の少し手前で停まっていたが、砂漠は停まっていなかった。ラックは足元に吹き寄せる砂をどうにか払おうとしていた。バイクのフットスペースには小さな穴が開いていて、手で何度か払えば砂を落とせた。だが風は無限に砂を運んでくるため、砂を払い落とすというより、砂をのせた風を撫でているような格好だった。

砂漠がムイのすべてというわけではないが、ムイの全住民が吸って吐く息のなかには、風で運ばれてきた砂漠の砂が交じっていた。夜明けごとに魚が水揚げされる海岸、島の道路という道路、ともすると民家のソファやベッドの下からも砂粒が見つかった。砂漠はムイの中心だった。その中心が、もうすぐ渦を巻きはじめるだろう。

八時十一分、ひとつめの穴が開いて、突然地面が沈下する。そこにあった装飾物や景品が砂の渦に吸い込まれていく。行事の準備をしていた数人とリヤカーが一緒に呑み込まれる。八時十五分、ふたつめの穴が開き、その上に並ぶ露店が砂粒のように崩落する。サイレンが鳴りはじめる。瞬く間にたくさんの人々が穴へと落ちていく。そしてこれらの文章の合間には、読点や句点のように人々が介入している。文と文のあいだをつなぎながら、行動と行動のあいだを取り持つ重要な役目を担う人たちだ。行動開始の合図を送る人たちもいれば、穴のなかに飛び込む人たち、車で穴に突進する人たち、サイレンを鳴らす人たち、この一部始終を写真に残す人たち、死んでいく人たち。

文章を読むことと、それが実際に起こることにどれほどの違いがあるのか、ヨナにはまだ予測しかねた。日曜日のシナリオを思うとめまいがした。だが、もうすぐここで大きな事件が起きるのだということも、塔の頂上から見下ろしてみると、伝説かなにかのように遠い出来事に思えるのだった。眼下に広がる日常は、ある程度の距離を隔てた向こう側にあった。少なくとも、塔の高さのぶんだけは。

しかし、螺旋階段をぐるぐる回って下り、塔のふもと、波打つ砂の地面に足を着けると、すべてが手に取るように実感されるのだった。すべてが現実として目の前に迫り、ヨナはその中心に立っていた。

この旅ならぬ旅、出張ならぬ出張が延びて以来、ヨナはまともに眠れなかった。つねに悩まされながら眠り、目覚める前から悩まされていた。新しい陽が昇ると、ヨナはほんの少しだけ前向きになった。この人たちには客が必要だ。ジャングルにも、なによりヨナ自身にも。この件がうまくいけば、たちどころに元のポジションを取り返せるだけでなく、キムと対等な立場、いや、キムが二度と手出しできないポジションに就くのも夢ではない。少なくとも陽が出ているあいだは、そんな希望的な思考を保てた。

だが時には、まだ陽が沈む前から次のような話が聞こえてきた。ホテルのビーチに入り込んだワニが、結局はトラックに轢かれて死んでしまった、そんな話が。このツアープログラムがムイの人々にもたらす利益は、ヨナが考えるほど、あるいはマネージャーが主張するほど多くなかった。むしろその逆といえた。観光だの旅行だのに関心のなかった人々を説得してホテル建設に駆り出したのがいまのマネージャーだった。ホテルが建ち、観光客がひとりふたりと集まりはじめると、島全体が賑わった。だがそれも束の間、時が経つにつれて浮き彫りになったのは、期待していたのとは異なる風景だった。観光地になればみんながいまより豊かになると期待した人々もなかにはいたが、暮らしが楽になることはなく、制約ばかりが増えた。ムイでいちばんきれいな海はホテル客の専用ビーチとなり、客以外は理由なしに歩けなくなった。遊泳も漁も、決められた区域でしか許されなかった。五千ドルかけて客がひとりムイを訪れたとすれば、ここの住民に回ってくるのはそのうちわずか一パーセントだった。四、五歳の子どもたちが家でこしらえたブレスレットやら笛やらを売りつけるカモができたこと、変化と呼べるものはそれがすべてだったのに、肝心の観光客の足が遠のいてしまったのだ。この状況を打破するにはもう一度観光ブームを起こすしか手はないのか、そんな疑問がしきりに頭をもたげた。

ヨナはようやく、ムイのきちんとした地図を描くことができた。ヨナが五泊六日で見たムイは一部にすぎなかった。本当のムイには、そこに何倍もの影がくっついていた。カメラのなかで両者はひとつづきになっていたが、五泊六日で撮ったものとそれ以降に撮ったもののあいだには見えない境い目があった。だが本当の災害は、ふたつの世界のどこにも写っていなかった。ムイの災害は、過去でも未来でもなく、現在にあった。それも、写真などには撮れないかたちで存在した。こういったタイプの災害について、ヨナはこれまで考えたことがなかった。

カメラの端に、ラックの姿があった。砂漠で撮ったものだった。ピントがぼやけていたが、ヨナはそれを消去しなかった。液晶のなかでラックの表情がかすかに動いている気がして、いつまでもじっと見入っていた。

ヨナの滞在許可証はまだ届いていなかったものの、ヨナがもう部外者でないことは明らかだった。そうでなければ、ヨナの目にこれほど頻繁にトラックが映るはずがなかった。なかでも、ポールのロゴが付いた黄色いトラックをよく見かけた。

黄色いトラックは、郵便物を届けることもあれば、荷物を運搬することも、時にはたんに事故車両になることもあった。黄色いトラックに乗り降りする人たちは、火葬場の職員たちと同じ黄色いベストと帽子をかぶっていた。ヨナは黄色いトラックから降りた人たちの会話を聞いたことがあった。その内容があまりに印象的で、頭を離れなかった。

「夜勤がなけりゃって思うけど、仕事がないのも不安だよ」

「雨に濡れた落ち葉みたいに地面にぴったりくっついてなきゃ。風で飛ばされないように」

「雨に濡れた落ち葉？　そりゃいい。ここで落ち葉を見かけたことはないがな」

男たちが運転席と助手席に分かれて乗り込み、黄色いトラックは再び全速力で走っていった。その夜はホテル近くの循環道路で二件も交通事故があったと聞いた。また事故か、という声もあったが、すべての交通事故が偶然というわけではなかった。少しだけ注意して観察すれば分かることだったから、ヨナは深く関わろうとしなかった。

キムから連絡があったのは、奇しくもムイの新しいツアープログラムが完成しようというときだった。キムは、いまになってガイドのルーから連絡を受けたと言う。帰国途中でのドロップアウト、たしかにそう言っていたはずだが、キムはついさっき聞いたばかりだというように、改めて無事を尋ねてきた。

「そこととの再契約はどうせ無理だろうから、早急にきりをつけて戻るんだな。いったいそんなところでなにをしてるんだ」

キムの声はやや疲れていた。

「わたしのポジションはなくなってませんよね?」

軽いジョークのように投げた言葉だったが、キムはかっとなって言った。

「何度言わせる。わかってるだろう、最近の会社の様子は。それもこれもパウルのせいだ。いいからさっさと戻れ。休暇中、ほんとに休んでただけじゃないだろう? 新しいアイディアを引っ提げてくるんだな」

赤い砂漠一帯の住宅と、さびれた路地、ムイの人たちの無表情がヨナの足を引き留めているとしたら、キムはヨナを追い詰めていた。キムの電話に脅かされ、ヨナは、自分がここに滞在することに決めた当初の理由を思い出した。その後のヨナは、いつにないスピードで仕事を仕上げた。今回の仕事は誰にも奪われまいと心に誓った。ついにプログラムの商品名が決まった。

「日曜日のムイ」

五泊七日の商品。

沖のほうで、なにか黒いものがうねり、沈んだ。

六　漂流

海で泳ぐのは慣れていなかった。ヨナは消毒済みのプールで泳ぐことしか知らなかったのだ。だがいま、ヨナはTシャツをするりと脱ぎ捨て、夜の海へと入っていく。少し離れた所にラックがいる。ラックはヨナの髪が数束の塊となって濡れていくのをじっと見ていた。たてがみのようでもあった。月明かりがヨナの髪を、たてがみを、やさしくといでいた。と、ゆうゆうと泳ぐ動物のようにヨナがラックに近づいていた。ずっとヨナを見ていたことが気恥ずかしいのか、ラックは目を閉じた。

「まぶたが閉じてるわ」

夜が極みに達した瞬間、ヨナが言った。

「まぶたが閉じてる」

夜が極みに達した瞬間、ヨナがラックのまぶたに触れながら言った。

「入って来るなって意味？」

ヨナの濡れた指がラックのまぶたを経て、両頬と唇を撫でた。

「本当に？」

ラックの返事はない。

「どうして目を閉じてるの？」

「目を開けたら、あなたがあんまり大きく見えそうで」

ラックがようやくまぶたを持ち上げようとした瞬間、ヨナの唇がラックの閉じた目の上に止まった。ほんのしばらく、そしてそっと離れた。今度はラックの唇がヨナの首に触れて、そっと離れた。ふたりはしばらくのあいだ、そうして目を開けることも閉じることも、唇と唇をじっと合わせることもできないまま一緒にいた。ヨナはラックの濡れた体をもう少し強く抱きしめたかった。ラックの荒れた唇と引っ込み思案な舌をむさぼりたかった。ふたりの激しく荒々しい息遣いが行き交ったが、波がすべてをさらった。ふたりはじっと留まり、揺れているのは波だけだった。

ヨナがバンガローに入ってようやく、ヨナの部屋の明かりが消えるのを確かめてようやく、ラックはそこをあとにすることができた。ヨナは明かりの消えた部屋で考えた。自分と密着した瞬間、自分の体重をほとんどラックに預けた瞬間、ラックの息が荒くなったことについて。ラックはいまも、この部屋が見えるどこかにじっと座っているかもしれない。ヨナはもう一度バンガローの明かりを点けた。リモコンのボタンを押して、オブジェのまぶたを開いた。ほどなく誰かがドアを叩く音が聞こえた。ラックだった。一面が海に面したホテルは、そのなかでくり広げられる会話をそっくり波に預けた。子守唄のリズムで、波が寄せては返した。

朝になってもヨナのバンガローのカーテンは閉め切られていた。入り口のまぶたは閉じられ、永遠にこのままでいいといわんばかりに深く眠り込んでいた。お昼になってようやく、ヨナは健康な空腹を感じた。

「ヨナさん、意外ですね」

昼時に鉢合わせた作家があてこするように言った。

「彼はクビです」

ヨナは作家の言葉を聞き流しながら、ロビーに向かって歩いた。

「韓国の女性をもてあそんだんだから、放ってはおけない」

「なにが言いたいんですか」

「見たんですよ、全部。偶然見かけて、止めに入ろうかとも思いましたが、なにぶんどちらかひとりの過失ではないようだったので見て見ぬふりをしただけです。でも、このへんでやめておいたほうがいい」

「もてあそばれたんじゃありません」

「じゃあ、お金のやりとりでも？　あっちがアルバイトをしたとか？」

「恋人同士で一緒にいるのが問題になりますか？」

「恋人？」

「ソウルから来た女とムイの男。話しかしちゃいけないなんて決まりはないでしょう。ムイの夜は退屈だもの、恋人なら夜をともに過ごしてなにが悪いのかしら。そのほうがよほど自然でしょ、シナリオ上は」

　作家はいささか驚いた様子だった。彼は書類をうちわ代わりにして言った。

「台本が流出したんですね。この島には保安もくそもあったもんじゃないな」

「ファンさん、わたしを騙す必要はないんじゃないですか？　わたしがシナリオに使われるとは思いませんでした」

「あえて話す必要もなかったのでね。僕は恋愛談を入れたかったんですが、上からああだこうだとキャラクター設定に口を出してくるもんで、まだ役の決まってない人物がいくらも残っていないんです。でも、あなたに害が及ぶようなら、そんなことはしませんでしたよ。のちにこのシナリオが公開されるとしても、あなたは主人公クラスです。ヒロイン役ですよ」

　そろそろプログラムを渡すべきだろういま、それは最も確実な認証方法だった。ヨナは、作家のシナリオのなかでも旅行プログラマーとして登場する。それはまさにヨナがここに存在し、ここでツアープログラムを作成していたという事実をしかと裏付けるものにほかならない。何者もヨナからこのプログラムを奪えなくなるに違いなかった。そういった面では、ヨナにとっても悪いことではない。

「ファンさんの台本どおりに進んでるんだから、とくに問題はないでしょう？　違いますか？」

「ときどきあるんです。演技をするうちに現実とお芝居の区別がつかなくなる、そういうケースが。いまのあなたがそれです。でも、どうしてよりによって彼なんです？　あなたとは不釣り合いですよ」

そこでマネージャーに呼ばれ、ふたりはオフィスへ向かった。マネージャーは焦燥を隠しきれないでいた。昨夜、ムイから遠くない場所で震度八・〇の地震があった。ムイにまで影響が及ぶことはなかったが、マネージャーの心中は違うようだった。下半期にある、例の災害克服プログラムのためだった。彼は、廃墟と化したその島が有力候補になるのではないかと戦々恐々としていた。

「あっちは三年前にも災害克服プログラムの恩恵を受けています。今回も選ばれたら、すべてが水の泡です」

隣人の災害がムイの競争心をかき立てていた。その地震による被害は死者だけで二百人を超えるという知らせを聞き、マネージャーはいても立ってもいられないでいた。彼は地図を何度も開いては閉じ、作家とヨナにも計画の進み具合を何度となく確認した。八月の最初の日曜日、そのプロジェクトだけがマネージャーを焦燥から救えるのだった。もう一度見直しを始めたはいいが、彼らのプランはオフィスから洩れてくるニュースと絶妙に重なる部分があった。そしてついに、ニュースに負けた。隣の島が見舞われた災害に比べれば、彼らの計画などおままごとも同じだった。

マネージャーはニュース画面を消し、ウイスキーの瓶を開けた。外ではまたもや横殴りの雨が降りだした。内部では、天井から垂れ下がるシャンデリアがゆりかごのように規則的に揺れていた。明かりはややくすぶったような色で、それが酒と人を酔わせた。その下にヨナが座り、向かいにマネージャーと作家が座っていた。マネージャーは終始落ち着かず、なんだかんだとまくし立てていた作家は酒が回ると同時にかえって静かになり、ヨナは不思議にも心穏やかだった。隣の島で起きた地震こそ、瞭然たる実体のように思えたからだ。それに比べ、ここムイは、うすぼんやりとした影だった。その影のなかで、ヨナがふとこんなことを言ったようでもあった。事をあまり大きくしないほうがいいと。

「お酒はこのくらいにしませんか」

マネージャーがヨナのグラスを片付けながら言った。

「ヨナさん、こう考えてください。シンクホールのために死ぬ人もいますが、シンクホールのために生き残る人もいるということです。そして、生き残る人のほうが死ぬ人よりずっと多い」

つまりこれは救命ボートのようなものだと、彼は言った。公平を期して全員が沈みかけの船に留まることはできない、生き残るべき人は生き残るべきではないか。そうして陰謀論にありがちな筋書きどおり、彼らは多数のために少数を見捨てた。ジャガイモの芽をえぐり取るように、体の奥から銃弾を取り除くように、残るもののために切り捨てなければならないものを。だが、誰が好きで少数派になろうとするだろう。

人々は、過去形になった災害の前では、限りなくおごそかで勇敢になる。だが、現在形の災害の前では少し違う。それが災害であることを認識できなかったり、認識しても傍観したり、認識しながらも助長する。いま広がっているシンクホールはあの砂漠ではなく、見えないところにあった。

目撃者となったトラック事故の場面が、ヨナの夢にたびたび現れた。運転手の顔も犠牲者の顔も見たくなかったが、夢のなかでは強い圧力によって顔を上げ、彼らをまっすぐに見つめるしかない位置にいた。犯人、または死体を。その顔が見える直前、夢はいつもそこまでだった。

「大丈夫？」

ラックがヨナの顔をのぞき込んでいた。ラックの眼差しの向こうに、ムイの夜空が見えた。よどみなく進むプログラムの傍らで、ヨナにつきまとう罪悪感があった。ラックが見せてくれるムイと、自分がいまメスを入れているムイが同じ場所だということを忘れがちなだけで。ラックと一緒に過ごすうち、ヨナはムイのすべてに対して慎重になった。ラックと会っているときだけは、そういった混乱から解放された。ラックはヨナをマングローブの林に連れて行った。

「治癒の林です」

「なかはこんなに広いのね」

「入り口がせまいだけで、なかには別世界が広がっています」

ふたりはボートに乗って林の奥へ入っていった。そこは唯一、ポールのトラックが入れない場所だった。木々がぎっしりと生い茂り、沼を思わせるその場所に出入りできるのは、ごく小さなボートだけ。ふたりはそこで話をしながら午後のひとときを過ごした。動けば時間に呑まれてしまうかのように、微動だにせず抱き合っていた。

その夜、ヨナがバンガローに戻ってシャワーを終えたとき、誰かが部屋のドアを叩いた。

「わたしです」

どちらさま？　ヨナはドアを開けた。帽子を目深にかぶった女は、こっそり部屋を訪れた様子だった。知らない人だったが、見慣れた顔でもあった。ヨナはひとまず女をなかへ通した。女から嗅いだことのないにおいがした。女が差し出した紙の束は、作家のシナリオだった。この人もなにかしら知っているのだろうか。女の顔をじっくり見ようとしたが、帽子の下に唇が少しのぞいているだけだった。どことなく気に入らない女だ。ヨナは紙の束を突き返した。

「申し訳ないけど、シナリオのことなら作家のところへ行ってください。わたしの業務ではないんです」

女はヨナの表情を読み取ろうとした。幸い部屋は薄暗く、ほの暗い間接照明はヨナの表情をある程度隠してくれた。沈黙が流れた。女がヨナをじっと見つめた。その眼差しは、不安そうでも、切実そうでもあった。

「急ぎでないなら、明日の朝話しませんか？　疲れてるんです」

ヨナが背中を向けようとした瞬間、女の手がヨナの肘をつかんだ。絞め殺しの木の根を思わせる、強靭で図太いジェスチャーだった。女が差し迫った声で言った。

「シナリオ全体を読んだことはないでしょう？　これを見てください」

ヨナが女のほうを振り向いた。女の目が一瞬見えた。奥二重、茶色い瞳。目が濡れていた。女は言った。

「わたしがここに来たことは誰にも知られてはいけません。でも、来ないわけにいかなかったんです」

「なにが言いたいんです？」

「読めばおわかりになるでしょうが、これは普通じゃありません。事が起きる前にどうにかしないと。虐殺、だとは思いませんか？」

「マネージャーと話してください」

「あなたが知るべきです」

「どうでしょう。誰かも知らない人の言葉をどうしてわたしが……」

「虐殺です。あなたが虐殺を計画している」

その瞬間、ヨナは手に触れたものを女に投げた。それは枕元のクッションだったが、なぜか岩のように感じられた。クッションは女に届かないまま床に落ちた。ヨナ自身もこみ上げてくる怒りをコントロールできなかった。ただただ、この女がいやだった。ヨナは声を高くした。

「志願した人たちがいると聞いています。対価をもらって、そのお芝居をすることに決めた人たちです。これは、志願した本人たちと、彼らを雇った人たちとの問題ですよね。わたしたちにできることはなにもありません」

「わたし。わたしたち？」

「わたしにできることはありません」

ヨナは女を見つめ、女はヨナをあざ笑った。軽蔑のこもった表情。女が言った。

「台本を読めばあなたにもわかります。なんの役も申し込んでいないのに、知らないうちに役をもらっている人たちがいます。望んでもいないのに、この演劇ごっこに駆り出された人たち。ほら、ここ、ワニ70からワニ450までは明らかに無駄死にです。彼らには台詞もありません。練習もなにも、死ぬだけです。そのほとんどが、生きているにもかかわらず死ななきゃならない、そんな役なんですよ。これがどういうことか、あなたは本当にわかっていないんですか？」

「ワニでしょう？　ワニに台詞なんて」

「わからないんですか？　このワニたちがなにを意味するのか、まだわからないって言うんですか？」

ヨナは顔をそむけた。もちろんヨナは、女の言うとおり、そのワニがなにを指しているのかわかっていた。赤い砂漠のふもと、ポールをピリピリさせる、ワニ出没地域の人々。もうそこにワニはいないが、そこに出没する人たちはワニと呼ばれた。マネージャーは事あるごとに、あの地域は整理が必要だと言っていた。雨期になるとワニが陸に上がってきて問題を起こし、ワニの子はどんどん増えつつあった。

「ムイはワニまで抱えていられるほど広くありません、よくご存じとは思いますが。それに、ワニは危険です」

だがこれらの言葉はすべて、ヨナの母語ではなかった。ヨナにとってはなじみのない客地の言語にすぎなかった。だからヨナは沈黙し、誰かがその沈黙を破ることも耐えがたかった。

「どうしてわたしにこんな話を？」

「あなたは知ってるはずです。マネージャーがなにを企んでいるのか、その大虐殺が具体的にどう行なわれるのか。それを食い止めないと」

「わたしも知りません」

「こういう台詞があります。『三百人ほどと聞きました。雨期にやってきて、乾期にはいなくなる人たちです。彼らにとってもムイはふるさとだったでしょうに、本当にかわいそうでなりません。彼らを何度か遠目に見かけたことがあるんです。信じられません。本当にかわいらしい女の子がいたんですよ』」

「なんのつもりですか？」

「これが台詞です。死んで初めて、このワニたちは人間扱いしてもらえるってことです。ムイのむごたらしい悲劇のために、彼らが生贄になるんですよ。この台詞、知りませんか？」

「知りません。誰の台詞ですか？　あなたの言うことを信じなきゃならない理由はなんです？」

「これはわたしの台詞です。これで信じられますか？」

ワニたちには台詞がなかった。ヨナが知っているのはそこまでだった。ワニたちがどんなふうに虐殺されることになるのか、それはヨナの知るところではなかった。というより、知ってしまうのではないかと怖かった。

「申し訳ないけど、わたしにどうこうできることではないわ」

ヨナの言葉に、女は首を横に振った。

「あなたにはできます」

「もう帰って」

「わたしは勇気を出して来たんです、コ・ヨナさん」

女はヨナの背中に向かって続けた。

「わたしがつらいのは、この件の展開にわたしが関わっているからです。初めはもちろん、事がこんなに大きくなるとは知りませんでした。いまわたしの前にある穴は、計画していたより大きく、手がつけられないほど大きくなっています。わたしは後悔しています。でも、あなたは後悔しませんように。心からそう願っています」

ヨナは女を押した。女を押せば押すほどヨナも弾かれた。ようやくドアを開けて女を追い出すと、ドアのあいだから差し込むホテルの明かりでくらくらした。残ったヨナは思った。計画していたより大きく、手がつけられないほど大きくなった穴を。

まんじりともせず朝を迎えたヨナが目を開けたとき、天井のシーリングファンはもういくらか下方へ迫ってきていた。ヨナは早いところ朝食に出て、今日は卵をどう料理するかについて悩みたかった。作家はこのごろ、ほとんど朝食をとっていなかった。ヨナはひとり食事を済ませ、誰もいない庭を横切って、バンガローへ戻った。昨夜のことがすべて夢のように思われてきたころ、テーブルの上の台本が目に入った。ヨナはそれを手に取り、ごみ箱に投げ捨てた。ヨナは一度もこの計画の青写真を見たことがなかった。初めのうちは結末まで知っていたが、いまやシナリオはヨナの知る範囲を超えて久しかった。知らないことが増えるほどに、考えるのがいやになった。

この計画において、じかに誰かを刺したり穴に突き落としたりという役を割り振られた人はいない。犠牲になる人たちは情報から疎外されているだけ。だが結果的に、この件は大勢の人たちを穴に埋めることになるはずだった。その点について、人々は沈黙した。ともすればこれは、誰かに言われたとおり虐殺の一形式といえたが、その責任者は不在だった。すべては分業化され、人は自分に与えられた仕事だけに集中した。ヨナも同じだった。計画の修正プランを聞いたときはショックを受けたが、数日もするとそれも徐々にやわらぎはじめた。ヨナはときどき、この件の全体像について考えることがあった。その先には決まって、自分にできるのは事件後のツアープログラムを編成することだけだという言い逃れ、または自己弁護がついて回った。その手で人を穴に突き落とせと言われていたなら、ヨナは即刻この仕事を断って立ち去っていたはずだ。だが、みずから手を下すのではないというだけの理由でヨナはここに残り、状況に慣れてくると、この件が及ぼす影響について鈍感になっていった。

ただし、頻繁に夢を見た。夢はある新しい世界へヨナを誘《いざな》った。出来上がる直前の世界、出来上がった直後に崩壊する世界についての夢だった。ウエストが四十インチの男とその恋人が互いに手の届く範囲を塗り、犬はハンモックの下で船を漕ぐ世界、幼い子どもが泣く練習をし、古びたバイクが道なき道を走る、そんな世界。

ヨナはそれが夢でないことを知っていた。ムイの片隅にはその世界が、ひとつの巨大なセットとして作り上げられていた。セットとは思えないほど完璧な再現。ヨナはそのなかへ入っていった。少し離れたところに、ペンキ屋と彼の老いた恋人がいた。後ろ姿しか見えず、彼らの背後には数台のカメラがあったが、その姿は、ラックを介してうかがい見て以来ヨナが頭のなかで再生していたものとそっくりだった。それはラックの世界だった。いまはヨナの世界でもあった。その世界はもうすぐ崩壊するだろう。ドミノのごとくガラガラと。初めはヨナと無関係に思われていたひとつのブロックが、あっという間に目と鼻の先まで迫ってくるだろう。

ごみ箱の台本はさっきのままだった。どこかへ消えてほしかったが、誰にも触れられることのないまま、そこにあった。ヨナはとうとうそれを手に取った。そして、まるで予想していなかった話を読んだ。ヨナが韓国へ戻っているあいだに、ひとつめの穴から遺体となって見つかったラックの結末を。恋人を亡くし、天をも穿つほどの悲鳴を上げるヨナの結末を。

「僕のシナリオでは、恋人の命は期限付きなんです。予想してなかったんですか？　悲劇でないなら、わざわざラブストーリーを入れる理由がないでしょう」

作家がもどかしそうに言った。彼はいまだかつてハッピーエンドを書いたことがないと言う。彼に作品を求める客のなかに、それを期待する者はひとりもいなかった。ヨナは作家の腕をつかみ、鬼気迫る顔で言った。

「あなたのシナリオなんだから、あなたの好きに書けばいいでしょう？　ラックを殺したいの？　違うでしょう！」

「僕はアリ一匹殺せない人間です。誰だって無実の人間を殺したいとは思いませんよ。しかしながら、僕は雇われ作家です。分業化されたシステムのなかで、僕の管轄はここまでなんですよ」

食物連鎖のように、作家の背後にはマネージャーが、マネージャーの背後にはポールが待ち受けているはずだった。作家が加えて言った。

「そういった面では、ヨナさんも自由ではありませんよね。だから言ったじゃないですか、ラックはよしたほうがいいって。いまからでも遅くありませんよ。ちょっと、ヨナさん？」

ヨナはマネージャーのオフィスへ急いだ。作家の背後にマネージャーがいるならマネージャーを、マネージャーの背後にポールがいるならポールに会ってラックを助けなければ、ヨナはそう考えた。ポールでさえもその背後にいる誰かを指すのなら、そのときはこの矢をどこに向ければいいのだろう。ポールの背後でポールを操るのはこれまた誰なのか。陽が沈みかけていた。マネージャーはオフィスにいなかった。

視線の先に、昨夜ヨナの部屋を訪れた女が見えた。表情は読み取れなかったが、女の存在はそれだけでプレッシャーだった。ヨナはバンガローに入って、引き出しにしまっておいたプログラムを取り出した。それだけが、ヨナが手を尽くせるものだった。

新しいプログラムにはマングローブの林が追加された。そこに観光客を、エコツアーというコンセプトのもとに立ち入らせるつもりだった。マングローブの林の生態について誰より詳しいのはラックで、その点もプログラムに明示してあった。

「ラック？　うちのスタッフのラックですか？」

マネージャーは想定外の変化に少なからず戸惑ったようだったが、ヨナは、ラックが知るムイの伝説や自然物に関する情報は新しいプログラムに不可欠だと説明した。

「ラック、彼が重要なポジションについたということですね」

マネージャーの言葉に、ヨナは表情を読まれまいとうつむいた。

「なにをお望みですか？」

すべてお見通しだとばかりにそう訊かれたとき、ヨナはとうとう気持ちに気づかれてしまった。マネージャーなら状況を変えられるかもしれない。ヨナはついに白状した。ラックには手を出さないでくれと。自分が韓国に戻っているあいだにラックが死ぬ、そういった結末はやめてほしいと。

マネージャーは、しばらくヨナを見つめていた。意外そうな表情だった。

「そうなると、シナリオが大幅に変わることになりますが。それでもかまわないということですか？」

ヨナはうなずいた。過去十年間、世界で起こった災害の八十一パーセントを占めるのが洪水と台風で、最も多くの死者を出したのは地震だった。それらはたんなる仕事にすぎなかったが、いまのヨナにとって最大の災害とは自分の感情だった。それは、いつ爆発するやもしれない地雷のように不安定だった。マネージャーにその感情を悟られたくなかった。ここは、自分が身を置いていたジャングルとなんら変わらない、もうひとつのジャングルだった。だが、ヨナには選択の余地がなかった。

八月最初の週。時は日曜日に向かって流れていた。「八月の最初の日曜日」が目前に迫っていると思うと、ヨナの心は重かった。絞め殺しの木にもたれて立ち、そのどんよりした重圧感をまぎらすこともあった。暗い夜はもっぱら、大きな重荷となってのしかかってきた。初めてラックと一緒にこの木の下に立ったときは恐ろしくなったが、いま思えばそれは本当の恐怖ではなかった。あのときのヨナには失うものも、守るものもなかった。だがいまは、ここに立つと見えるという恐怖心、それがどんなものか多少なりともわかる気がした。それは、悲しみの一種だった。背筋を凍らせるなにかではなく、胸が押しつぶされそうな悲しみ。ともするとここ、ムイと必要以上に親密になってしまったのかもしれなかった。

いずれにせよ、この災害劇からラックは無事でいられるだろう。マネージャーはその間、ラックをベトナムに留まらせると言った。それを思うと、いくらか息がつけた。頭上の窓が再び開くようだった。バイクは砂漠の前で止まった。すべてが整ったと、ヨナは言った。現地調査なるものはとっくの昔に終わっていて、この広くもないムイで同じ場所を何度も回っていることを、ラックも知っていた。ラックは「帰国するんですか？」と訊いた。

「たぶん」

「一緒に来る？　ラック」

ヨナは思わずそう口にしていた。その言葉は、ヨナの頭が承諾するより先に口をついて出てしまっていた。もちろん本心から出たものだった。だがラックはきっと、ここを離れられないだろう。ともに過ごしたのはわずか三週間にすぎないのだ。ヨナは自信がなかった。ラックと韓国へ戻ったところで、それからなにをどうしたらいいのか。怖かった。星々がひとしきり移ろっていく。ヨナの言葉は宙を漂うこだまのように、自身の耳元でむなしく響くばかりだった。

未完成の塔は、砂漠に立つ灯台のようだった。上から懐中電灯で照らしてもその高さはわからないように、下から照らしても光は頂上には届かない。ラックが漠々とした闇のなかで言った。

「脳を撮った映像があるんです。見たことありますか？」

「さあ」

「僕はあります。人が思考を始めると、脳内でたくさんの変化が起きます。それをとらえた写真で、まるでクリスマスツリーを見てるみたいでした。光が点いては消えて、瞬いたかと思うとまた消えて。きらきら光るんです」

「ツリーを見たことがあるの？　こんなに暑い国なのに」

「クリスマスがない所なんてありませんよ」

そう言うと、ラックはひとりで笑った。

「リゾートホテルができてから、というのが本当ですね。それよりたくさん見てきたのは、この星空です。そういえば、あの脳の映像も星空に似ているかもしれません。黒い背景に白い星がきらきら光るんです」

ヨナはラックがするように夜空を見上げた。そうして次の瞬間、ラックの震える声に、思わず涙がにじんだ。

「僕があなたを思い出すとき、僕の頭のなかではそんなふうに星が輝いているでしょう。僕も、あなたも、それをじかに見ることはできないだろうけど、僕の頭のなかではきっと、そうして星が瞬いているはずです」

光の角度によってでこぼこと形を変える、星で埋め尽くされた空に向かって、あまたのサボテンがそそり立つ静やかな夜。ラックがTシャツに手を伸ばし、ふたりがかぶっていた毛布がずり落ちた。Tシャツの穴にラックが頭を滑り込ませた。頭がTシャツのなかに隠れたその刹那、ラックの目が潤んだ。ラックはその目でヨナを見つめた。夜明けとともに、ラックの顔が青く透き通っていった。ラックがささやいた。あなたを忘れないと。

ムイの一日がこうして始まりつつあった。それがふたりが逢った最後だった。

ムイは脚本どおりに動いた。ほどよい緊張感が陸と海を活気付けたのか、網にはたくさんの魚がかかった。漁夫たちは思いがけない豊漁に多少驚いたものの、悪いことではなかった。死んだ魚が山積みになったリヤカーを引く人々で、少し道が混み合いもした。砂漠の塔と道路の一部に、クリスマスツリーの飾り付けさながらに、監視カメラを取り付ける人たちも見られた。警報器も繁殖するかのごとく増えていった。すべてが着々と進むなか、ささいな問題も発生した。数人が消えた。死んだのか立ち去ったのか、理由は定かでなかった。男11と、女15、女16が空席になった。だが、部品がいくつか抜けたからと動かなくなる機械ではなかった。空席はまた別の人が埋めた。

ヨナは数件の交通事故を目の当たりにしたが、もう最初ほどの衝撃はなかった。ただ、いましがた死んだ人たちの顔がもう少しだけ見知ったものに感じられるだけで。彼らのなかには、いつかヨナの部屋へ来て、ワニについてしつこく問い詰めてきた女もいた。その女が黄色いトラックに弾かれるのを目撃しても、ヨナにはそれが夢か現《うつつ》か判断できなかった。その女はどうやら、確実に消えたようだった。しばしばホテルに幽霊のように出没していた女のシルエットを、いつからか見かけなくなったからだ。

女は、夜間にマネージャーの部屋に出入りできる人物だった。だがいまは、その役をほかの人が務めていた。

「ワニを放せばいいんです。餌をまけば集まってくるでしょう。動かずにいられるもんですか。彼らが求めるものはいつでもひとつ、居住許可です」

女が知りたがっていたのはこのことにほかならなかった。

マネージャーの言葉はヨナの頭のなかで、しだいに大きな絵を結びつつあった。このシナリオについてなんとか鈍感になろうとしてみたが、八月の最初の日曜日はしばしば夢に出てきた。運動会の二時間前に招集されたワニたちが居住許可をもらえると浮かれているとき、彼らの足元が地獄のごとく崩れ落ちる夢を。

それは夢ではなく、数日後に起きる現実だった。

ヨナがその現実からいくらかでも解き放たれるのは、ラックのことを思い出している時間だった。もちろん、完全にではない。ラックを思い出せばおのずと、またワニのことが思い出された。ラックがマネージャーのおつかいでベトナム出張に出た日、ヨナはほっとした。ラックが戻るころにはすべてが終わっているはずだ。だが、平穏は長く続かなかった。まるで欠けた部品を埋めるかのようにヨナのもとにも郵便物が届いたのだが、それはずっと待っていた滞在許可証ではなかった。黄色い背景に白いマークが描かれたポールの封筒からは、予想外の通知が出てきた。

「貴下をワニ75として雇用します。台詞はありません。雇用手当の三百ドルは事件発生と同時に貴下の口座に振り込まれます」

ヨナは封筒の中身と外側をもう一度確かめた。それ以外の言葉は見当たらず、受取人はたしかにコ・ヨナとなっている。ヨナの鼓動が速まった。ワニ75とはどういうことか。女1や女2、女3と変わらない配役だろうか。その瞬間頭に浮かんだのは、いつかヨナの部屋を訪ねてきて、その後姿を消した女の言葉だった。

「ワニ70からワニ450までは明らかに無駄死にです。このワニたちには台詞もありません。練習もなにも、死ぬだけです」

なにかの間違いだろう。ヨナが待っているのはこんな雇用契約書ではなく、滞在許可証だった。これは三百ドルの仕事ではない。ヨナの命が三百ドルのはずがない。時間がドミノのようにヨナに向かって倒れかかってきていた。

ヨナは封筒を手にバンガローを出た。傘も差さずに雨のなかを走った。とにかくどこかへ向かわねばならない。人とすれ違うたび、「あの女がワニ75らしいよ」と言われている気がしておかしくなりそうだった。マネージャーを探したが、彼はオフィスにいなかった。作家のバンガローもドアは固く閉じられ、そこには物騒な言葉がいくつも書き殴られていた。すでに何度か、自分の配役に不満を抱いたり恐れを感じたりした人たちが訪れていたらしい。それにしても、作家がヨナにこんな端役をあてがうはずがない。作家とヨナは同じ母国をもつ人間ではないか。なにかが間違っている。ヨナにはちゃんと、ヨナという役があったのだ。それなのにワニ75とは、いったいどういうことなのか。ヨナは封筒の下部にある担当者の連絡先に電話をかけた。ヨナの担当者は男34で、電話はすぐさまつながったものの、彼の返答にこれといった手掛かりはなかった。

「わたしはあなたに役を伝えるよう指示されただけです。それがわたしの役割なので。なぜって、そこまではわかりません。わたしの管轄ではありませんから。計画の全体像まではわたしもよく……」

おそらくはポールのロゴ入りの帽子とベストを身に着けているのだろう彼らの返事は、どれも似たり寄ったりだった。

「その先のことはわかりません。わたしの仕事はここまでなので」

「それは僕の管轄じゃありません。僕の担当はここだけですので」

「こちらの業務ではないので、管轄部署におつなぎします」

「ああ、電話が途中で切れたんですか？　もう一度おつなぎしますね」

そうしてあるとき、電話はポールではなく、ジャングルのカスタマーセンターにつながった。

「わたしが待っているのは滞在許可証です。それが出ないというなら、このまま韓国へ戻ればいいだけの話です。どうしてわたしがワニ75にならなきゃならないんですか？　わたしがいつこんな役を望んだっていうんです？」

ヨナはそう言う代わりに、「韓国へ帰りたいんです」と言った。電話越しに、パソコンのキーボードを叩くスピーディで軽快な音が聞こえた。クレジットカードの端末機がレシートをジジジ、と吐き出すときの音のようでもあった。どことなく冷静な気分にさせる騒音。そのなかで相手が言った。

「約款はお読みになっているかと存じますが、旅行は中止できないことになっています」

「払い戻してほしいと言ってるんじゃありません。そんなのいいから、帰れるように手配してくれませんか」

「払い戻しどうこうでなく、旅行を中止すること自体ができないんです。お約束の日までそちらにいらしていただかないと」

「……どういうことですか？」

「約款にそう明示されていますので」

電話越しに聞こえてくる機械音には聞き覚えがあったが、知らない音のような気もした。

「病気やトラブルに見舞われたら、旅行を中止して韓国へ帰れるんじゃないんですか？」

「お客様の契約形態は一般の旅行客のものとは異なっています。こちら、出張の扱いになっていますね。旅費をご負担されていない。会社から出張というかたちで参加されているので、途中で中止というわけにはいきません」

「お願い、キム・ジョグァンチーフにつなげてもらえないかしら？　直接話したいの」

「退社されました」

ヨナは頭が真っ白になるのを感じた。再度確認しても、キム・ジョグァンチーフは退社したという言葉しか返ってこなかった。事由については教えられないと。ヨナはそれならとガイドにつなげてくれるよう言った。ルー、という名のガイドに。だが、ルーは出張中で連絡がつかないという。ヨナは、とうとうドミノの最後のブロックにこめかみを突かれたかとばかりに、降参するように、言った。

「わたしも辞めます。退社して、自分のやりたいようにやります」

「出張中の退社は本人の死亡時にのみ適用されます」

「お願い、お願いだから！」

「それ以外に可能な場合があるかは、こちらで確認してから改めてご連絡差し上げます」

電話はそこまでだった。確認などしないことを、ヨナは知っていた。

ソファにどさりと座り込むと、久しぶりに、天井のシーリングファンが八本脚を広げて自分をにらんでいるのが視界に入った。ヨナはリモコンのDo not disturbを押した。だが、オブジェのまぶたは閉じなかった。ボタンをいくら押しても作動しなかった。目玉はいまや、ヨナの意思を伝えようとはしなかった。

陰っていく空の端を、ヨナは注意深く見つめた。目がおかしいのか気のせいか、空に文字が並んでいるように見えて、何度も目を閉じては開けた。もう一度見ると、そのうっすらとした文字は左右が逆転していた。それが本当に文字なら、読者はヨナのほうではないということだった。

あべこべになって読みにくい文字を見つめながら、あべこべになったことごとについてヨナは考えた。シナリオのなかの悲劇のカップルも、そんなふうにあべこべになったもののひとつかもしれなかった。マネージャーに気持ちを悟られたことが運命をひっくり返したのだろうか、シナリオが変わってもかまわないのかというマネージャーの言葉はこういう意味だったのかと、ヨナは粟立った腕をさすった。うなじも寒くなった。作家は、ポールが悲劇のラブストーリーを望んでいると言った。ヨナはラックを殺さないでくれと頼んだ。するとつまりは、悲劇に仕立てるために選ばれたのが自分だということだろうか。ふたりのうちひとりには死んでもらう、そういう結論になったということなのか。ヨナは考えられる限りの場合の数を思い浮かべた。そしてそこから分かれていった枝が、いつか見た死亡日を教えてくれるサイトの画面へと伸びてゆき、がらがらと崩れ落ちた。

いまこのときも、ヨナの寿命は短縮しているはずだ。人間である以上、そこに例外はない。だが、ワニ75とは。ノックの音が聞こえた気がして、ヨナはどきりとした。戸口に立って気配を感じ取ろうとしてみたが、ドアを叩いた相手はじっと黙っている。

「ラック?」

「ラックなの?」

ラックは出張中だと知りつつも、ヨナはドアを叩いたのがラックであってほしいと心から願った。ヨナが先にドアを開けたのか、それともドアが先に開いたのか。そこには誰もいなかった、または、誰もがいた。ヨナは駆け出した。やって来たのは、絞め殺しの木の下だった。ヨナはそこで、だらりと垂れ下がったそれを見た。木に掛かっていたそれは、いつかヨナが捨てた半足ぶん、片方だけの靴だった。それがなぜここにあるのか、ヨナにはわからなかった。そして次にヨナの目に映ったのは、子どものスケッチブックだった。ずっと前に教師の子どもが絵を描いていた、スケッチブック。それが風で一枚ずつめくれ、まるでアニメーションの下絵を見ているようだった。絵のなかでぐったりと寝そべっていた老犬がふいに立ち上がり、走りだした。老犬はあるにおいにつられてシンクホールに飛び込んだ。そして死体で見つかった。犬は飼い主のために穴に飛び込んだ忠犬として語り継がれた。それが子どものスケッチブックのなかで、現実のことのようにくり広げられていた。スケッチブックをパタンと閉じた人は、ポールの帽子を目深にかぶっていた。ポールが顔を上げると帽子の下に、見慣れすぎてかえって知らない気がするヨナ自身の口元、ヨナ自身の鼻、ヨナ自身の目が見えた。奥二重と茶色い瞳、そして、濡れた目。ヨナはあっと悲鳴を上げることもできなかった。目の前に立っている自分の姿が恐ろしくて、体がどれほど揺れているのかにも気づかなかった。

「ポールに尋ねてください」

一方のヨナがそう言った。「でも、ポールはどこにも存在しないって、あなたもわかってるでしょ?」その言葉に、もう一方のヨナは脚の力が抜けてその場にくずおれた。すると、一方のヨナが木々の合間を駆け抜けはじめた。もう一方のヨナも駆け出した。あとを追わなければ自分が捕まりそうだった。ヨナが走っているあいだ、浜辺に無数の黒いカニが這い上がり、鳥たちは遠くへ弾かれるように飛び立った。いつの間にか、ヨナは追う身ではなく追われる身になっていた。皆がヨナを見ていた。トーテムポールのようにそそり立つヤシの木と、退却する鳥たち、そして身を潜めて啼く獣たち。そのすべてを目撃者として、ふたつの目がヨナに向かって突進した。轟音を上げながら大きな体でヨナを突き飛ばした。その一撃でヨナは倒れた。ふたつの目が後退して再び前進するあいだ、ヨナはなんとか頭をもたげたが、見えるのは怒りに目を剝いたかのようなヘッドライトの明かりだけだった。運転席に向かってヨナも目を見開いたが、すぐに鉄の塊がその細い首を轢いた。

時がしばし停まる。ヨナの目の前に、半ば下りたシェードのあいだから機内に夜明けの陽光を送り込む窓がふたつ現れる。目を半ば閉じた、いや半ば開いたふたつのまぶた。ヨナは窓に向かって手を伸ばす。窓は少し遠のき、また近づく。ヨナは思う。いったいどこから狂ってしまったのだろう。そうしてヨナは、太い電線が下がる通りを駆け抜け、旅のスタート地点へ戻っていく。髪の毛の束のような電線に沿って、ムイの路地という路地を抜けて海を渡れば、ともするとヨナが通ってきた全過程をさかのぼることも可能かもしれない。すべてを狂わせた始発点、そこを目指してヨナは記憶をたどる。だがいま、すべてはあまたの瞬間の連続にすぎず、途切れた箇所など見つからない。これはわたしの役ではないとぼやきつづけていたヨナは、その恨めしさの果てに説明のつかない安堵の感情に行き着く。自分の代わりにラックが生き残れるなら、それならまだよかったと。そう信じようとしなかった感情の屈曲の上を、いまヨナは流れていく。まぶたが半ば閉じる。異国と母国のあいだでいま、ヨナのまぶたは曖昧な意思表示をしている。帰る準備ができたから自分のなかの痕跡を消してくれと？　それとも、まだすっかり目覚めたわけではないから知らないふりをしてくれと？

ヨナは両目をぎゅっと閉じて開けた。砂嵐がヨナの頬をかすめていった。そうしてワニ75は死んだ。

七　日曜日のムイ

作家はオフィスを出た。ホテル内でインターネットがつながるのはマネージャーのオフィスだけだった。徹夜で仕上げた台本をメールで送り、自分の口座にお金が振り込まれたのも確認した。金曜日のことだった。作家はバンガローに戻り、何十もの物騒な落書きを通り過ぎて、まぶたを閉じ、たちまり眠りについた。ぐっすり眠るのはいつ以来だろう。ウイスキーを二杯飲んだことも熟睡を助けた。

土曜日の朝、作家は久しぶりにレストランで朝食をとったが、ヨナは現れなかった。午後になっても姿が見えないことに気づくと、なにかがおかしいと思い始めた。ヨナのバンガローの前、例のオブジェはまぶたが下りていて、カーテンは閉まっていた。辺りは夜のうちにぴたりと停止してしまったかのような静けさだったが、身を低くしてみると絶えず動くものたちがいた。浜辺にたくさんの魚が上がってきていたが、陸に上がった理由は自分たちも知らないようだった。オリーブ色のカニたちはいまも続々と這い上がってきていた。海岸線はいつもより遠く、隠れていた海の底がいたたまれないほどあらわになっている。ただ、夜のあいだに浜辺についていていた足跡は、波にさらわれてもう久しかった。陽射しが照りつけ、昨夜の出来事はすでに消毒済みだった。

陽が沈みかけたころ、作家はカーテンを閉めた。オブジェのまぶたを下ろし、なにか忘れ物はないか確かめた。その晩彼は、こっそりホテルを抜け出した。島の地理に明るいひとりの子どもが、ホテルの外で彼を待っていた。作家は日曜の朝、つまり数時間後の夜明けとともに、ベルエポックで用意した専用ボートで発つことになっていた。予定どおりなら、ボートの乗客は二名。だが昨夜、ヨナは交通事故で死んだ。彼はヨナの死が、偶然の交通事故であるはずがないと考えた。ヨナの死は作家の台本にないものだった。ヨナの死体をマネキンのように使う計画もなかった。物語はもはや、彼の台本の先を行き、みずから動いていた。ヨナは死んだ。ラックは泣き叫ぶだろう。これで、ポールが望む悲劇のラブストーリーが完成したわけだが、それは作家が意図したところではなかった。彼が送ったシナリオでは、カップルが砂漠で別れるシーンがすべてだった。

光の角度によってでこぼこと形を変える、星で埋め尽くされた空に向かって、あまたのサボテンがそそり立つ静やかな夜。ラックがTシャツに手を伸ばし、ふたりがかぶっていた毛布がずり落ちた。Tシャツの穴にラックが頭を滑り込ませた。頭がTシャツのなかに隠れたその刹那、ラックの目が潤んだ。ラックはその目でヨナを見つめた。夜明けとともに、ラックの顔が青く透き通っていった。ラックがささやいた。あなたを忘れないと。

ムイの一日がこうして始まりつつあった。それがふたりが逢った最後だった。


だがヨナは、シナリオの外に出てしまった。ヨナとラック、ふたりはシナリオの最後のシーンのあとにも一度会っていたのだ。ラックの出張が近くなると、ヨナの心はざわつきはじめた。伝えるチャンスはもうないかもしれない。ヨナの頭のなかにクリスマスツリーのように、宇宙の星々のように信号がきらめき、その瞬間、ラックの頭のなかでも同じ現象が起こった。誰も確かめることはできなかったけれど、本当だった。そしてついに、ラックがヨナの部屋のドアをノックした。オブジェのまぶたは下りていたが、ラックだと知っていたヨナはドアを開けた。ラックがヨナに言った。ホーチミンでの仕事を終えて、あなたを待っていると。帰国を見送りたいと。でも、離ればなれでいる時間はそう長くないだろうと。

そう伝え、今度こそ最後かというキスのあと、急いで駆けていくラックを呼び止めたのはヨナだった。ヨナは、愛の言葉以外にも伝えなければならなかった。愛するがゆえに伝えなければならなかった。

ヨナがラックにどこまで話したのか、どうしてそうすることに決めたのか、作家にはわからなかった。だがたしかなことは、秘密を洩らした者は死に、その死は作家をも脅かしたという事実だ。ヨナの死により彼が悟ったことがあるとしたら、とっととここを離れたほうがいいということ。すでにお金は振り込まれていて、いまがちょうどいいタイミングだった。

すべてが整った日曜日。男1は密封された袋を適正量ずつトラックの荷台に載せていった。その袋がなんなのかは男1も知らなかった。あえて中身を確かめたいとは思わなかった。確かめないほうがよさそうでもあった。どのみち男1も女7から引き継いだにすぎず、次の運転手に引き継げばいいだけだった。

男12は五台あるトラックのひとつに乗り込んだ。目的地はトラックごとに少しずつ違っていた。男12の行き先は赤い砂漠の1番の穴。彼は荷台になにが載っているのか知らなかった。オフシーズンに仕事があることが嬉しいばかりだった。彼の業務は1番の穴に荷を投下することだった。1番の穴の位置は知らなかったものの、砂漠の入り口で案内があるという話だった。深夜二時三十分。外灯もない道は暗かったが、砂漠まで行くのは難しくなかった。赤い砂漠より手前にある、白い砂漠が外灯代わりだった。月明かりもひときわ明るかった。

男12の後ろを、男16が走っていた。彼もまた赤い砂漠へ向かっていたが、もやもやした気分をどうにも拭えなかった。金額が大きすぎた。工事現場まで荷物を運ぶ仕事にしては、いつもより手当てがよすぎて不安だった。荷台になにが載っているのかもわからなかった。ただ時間になって、決められた番号のトラックに乗り、目的地まで荷を運ぶだけ。自分と同じように何人かがトラックを走らせているという事実は、慰めよりも不安を増大させた。戦争でも起こるのだろうか、そんなふうにありとあらゆる思いが駆け巡った。男12は男16と同じ所へ向かっているようだった。だが、前を走っていた男12が突然消えた。空中に男12のトラックが見えたかと思うと、次の瞬間、男16のトラックの上に落ちた。道路は空に向かって、伸びた飴のように突き上がった。四方から鼓膜が破けそうな騒音が響いてきた。初めて聞くサイレンだった。目を閉じる前、彼は、男12のトラックなのか自分のトラックなのかわからない、わたしたちのものには違いない荷台から波のようにこぼれ落ちてくる肉塊を見た。ほんの一瞬だったが、その死体たちには表情があった。ずっと昔に見たような、明らかに知っている誰かでもある、あるいは存在そのものも知らなかった人たちの肉塊が石ころのように転がり落ちた。そのうちのいくつかがトラックの窓ガラスを突き抜けて、彼の顔の上に覆いかぶさった。

同じ方向に走っていたトラック二台が同時にひっくり返った。トラックを運んでいた道が本来の位置から外れた。波が陸地へ飛びかかった。まだ眠っていた村で、男2はサイレンの音を聞いた。驚いた彼は壁の時計を見た。深夜三時。行事が始まるまでまだ数時間あった。男2はもう一度眠ろうとしたが、なぜか寝付けなかった。どことなくそわそわしてもいた。緊張と恐怖がそうさせていた。

自分の死期を知っていることは薬か毒か、男2は役をもらった日からずっと考えていた。彼の父親は病のなかに生涯を閉じた。母親も父親と同じ道をたどっていた。薬を買えずに死ぬという家族史が受け継がれつつあった。男2は数時間後に地中に埋まるかもしれない運命だったが、それが自分の本来の運命なのか、それとも自分が選んだ運命なのかわからなかった。死者になることを望んだのは彼自身だったものの、彼にはそうならざるをえない理由があり、選択の余地がなかったのだから、ひょっとするとそれがもとより彼のさだめなのかもしれない。行事開始と同時に四千ドルが彼の口座に振り込まれることになっていた。それは、交通事故の際に命の値段としてやりとりされる金額よりもずっと大きかった。この事件に関わる役のなかでも最高額だという。それだけあれば残る家族は、薬がなくて死ぬという家族史を断てるはずだ。母と、ふたりの子どもは。妻はずっと昔に他国へ渡ったきり、連絡が途絶えていた。妻がいたら少しは違っていたかもしれないが、そんな仮定は意味がなかった。

男2は髭を剃りはじめた。演技力が必要とされるのは、死ぬ直前に塔の付近の監視カメラに数度映り込まなければならないからだが、そのためか彼は、この死が本当の死ではなく、なにかのいたずらのように感じられもした。あれやこれやで、男2は複雑な心境だった。胸がちくちくと痛んだ。それでも周囲を見回せば、自分の選択は正しかったとうなずかせてくれる要素が散在していた。もちろん、死なないこともありえた。彼は髭剃りの手を止めて鏡を見つめながら、間もなく自分がすべきことを思い返した。彼は赤い砂漠の1番の穴に四輪駆動車で突っ込むことになっていた。穴は驚くほど大きく深いため、そこに飛び込んだ人は、それも巨大な機械ごととなれば、死ぬ確率は高い。だが、ともすれば死なない可能性もあった。大きな幸運に恵まれたなら、彼は四千ドルを手に入れたうえで生き残るかもしれなかった。生き残った場合、次に言うべき台詞があった。それを声に出して確かめていた彼は、台詞をうまく思い出せないことに苛立った。生き残った場合の台詞を忘れるなんて、あまりに腹立たしいことだった。

今回の仕事はチャンスだった。ベルエポックのマネージャーと見知った仲でなかったなら、聞き及ぶこともなかっただろう。みずから選んだ道なのに、なぜ悔しい気持ちになるのかわからなかった。遠くでサイレンが立て続けに鳴り響いている。行事は朝八時からの予定だった。妙だった。男2はドアノブをつかんだ。ドアを開けたのは誰だったのか。ドアが開いた瞬間、男2の目と鼻と口、あらゆる穴が開いた。巨大な土、あるいは水が穴へと押し寄せた。巨大なくず鉄の音、あるいは波、あるいは風が男2の悲鳴を呑み込んだ。

家々からこだまのように悲鳴が上がった。どの家も屋根が崩れて床が抜け、水平線の彼方へ吸い込まれていった。

女5は掃除機をかけていた。深夜三時に掃除機をかけるのもおかしな話だったが、今日は例外だった。女5は今日、長いあいだ植物状態だった子どもを送り出すことに決めていた。子どもと言葉を交わしたのはもう四年前のことで、「行って来ます」「はーい」、せいぜいそんなところだった。学校に向かった子どもは病院で見つかり、目覚めることはなかった。酸素マスクを外すタイミングを逸して久しかった。病院からは、やるだけのことはやったと未納金を請求してきた。女は今日、子どもを抱いて2番の穴に身投げをするつもりだった。飛び込むと同時に、お金が振り込まれると聞いていた。女は隣人である旧知の友の口座番号を書いた。すべてを終わらせる段になってなぜ掃除機をかけているのか、自分でも合点がいかなかった。

しょっちゅうダストパックが膨れていたその掃除機は、その日に限ってなにひとつ吸い込めなかった。女5の耳には外の騒音が聞こえなかった。女5が掃除機のパワーを最大に切り替えて居間に出たとき、窓ガラスが月明かりのように砕けて家のなかに入ってきた。女5は一瞬、それを光だと思ったが、長く見てはいられなかった。侵入者の体は巨大で、灰色をしていた。その足下で、女5の首がぽきりと折れた。生き残ったのは、口を開けて息を吸い込んでいる掃除機だけだった。掃除機はいつもよりやや大きなものを呑み込んだといわんばかりに、喉がつかえたような音を出した。

男4はサイレンを耳にしてバイクのエンジンをかけた。約束の時間より早すぎることを不思議に思った。担当者に電話してみたが、つながらなかった。彼の担当者である女21はまだ寝ているらしかった。またもやサイレンが響いた。彼はトラックを待っていた。あちらからトラックが来れば、次のサイレンが鳴ることになっている、それが朝八時だと聞いていた。彼の仕事は、トラックが来て、サイレンが鳴ったら、スイッチを押すことだった。だが、これでは順序がめちゃくちゃではないか。トラックは来ないしサイレンは早いというのがどうにも疑わしかったが、サイレンなど聞くことのないこの島でこれほどわかりやすい合図はなかった。男4は2番の穴とつながっているスイッチを押さねばならなかった。

それを押せば次にどうなるのかは彼にもわからない。ただこの真夜中にスイッチを押せば、それだけで彼は報酬をもらえるのだった。男4は2番の穴がどこにあるのか知らなかった。たんに塔のふもとにある2番と書かれたボタンを押すだけでよかった。それは難しいことではなかった。どこかうさんくさい気もしたが、よけいな好奇心だった。

塔のふもとにはすでにいくらか人が集まっていた。皆似たような表情をしていた。またもサイレンが鳴ったとき、人々はそれを合図ととるべきか、それともエラーととるべきか考えあぐねた。サイレンが鳴るとされていた時刻は八時十一分。数時間早いこのサイレンを信頼することはできなかったが、サイレンの鳴るエリアはどんどん広まっていたため、体が反射的に動いてしまいそうだった。いま、手綱を締めるべきか、スイッチを押すべきか、それとも予定の時間まで待つべきかで右往左往した。塔の上から女8が顔を出した。彼女もまた思い迷っている表情だった。女21と電話がつながらないから、誰かリゾートホテルに行ってみるべきじゃないかという声が上がったとき、男20と男4が同時に手を上げた。最終的に男4が行くことになり、男20はそこに残った。彼らにはそれぞれ役割と対価があり、現場を空けることはできなかった。当然のことだとは思いながらも、男20は重苦しい気分を振り払うことができなかった。いまになって急に怖くなってきた。男20も多くの人々同様、命よりお金が必要で志願した。なかには、命までは懸けていない人もいるようだった。そういう人は報酬も少ないんだろう。が、この瞬間、彼は生きたかった。死は彼が思うほど簡単そうではなかった。逃げたかった。ホテルに行って来るという口実でここを離れたかった。丸ごと自分たちの墓場となる場所に立って行事を待つなど、恐ろしくて頭がどうにかなりそうだった。

男4がバイクで行ってしまうと、男20はへなへなとその場に座り込んだ。ほかの人たちの表情をうかがううちに、ますます怖くなった。男20のポケットには、彼の身元を語ってくれそうな物や、感動的なストーリーを証明してくれそうな妻の写真が入っていた。写真は作り物だった。妻役の女10はまだ到着していなかった。彼らは結婚三ヵ月で災難に遭う悲運の家族だった。だが男20は、相手の女10をよく知らなかった。三度ばかり話を交わしたとはいえ、それはすべて男20と女10という配役を引き受けたのちのことだった。全体会議の時間、練習時間だけが彼女を知ることのできる時間だった。そしていつしか、男20は女10を本当の妻のように思いはじめた。もちろん勝手にそう感じていたのだが、男20は女10と実際に手をつなぎ、唇を重ね、語り合い、色々な約束をしたかった。彼らは似ていた。生きてきた環境も、現在の選択も、そして未来の話も。

男20は女10がまだ現場に現れないことでいよいよ不安になった。またしてもサイレンが鳴り響くなか、誰かが事を進めた。まだ男4が戻ってもいないのに、スイッチが作動した。1番の穴が崩れはじめた。同時に、2番の穴のほうからも音が聞こえてきた。あらかじめ用意されていた露店やリヤカー、つまりはセットが、埃を悲鳴のごとく噴き上げながら、砂を身震いするように舞い上げながら、下へ引きずり込まれていった。男20は1番の穴と2番の穴のあいだの、沼地と化した、すなわち踏み入った瞬間いっきに沈み込むに決まっている地面を踏みしめるようにして走らなければならなかったが、なかなか脚が動いてくれなかった。なんらかの判断を下す前に、彼の体はいち早く騒乱の反対側へと駆け出していた。だが騒乱の反対側とはどこなのか、その判断がつかなかった。1番の穴が崩れ落ち、今度は2番の穴が崩れ落ちる番なのに、崩れたのは穴ではなく空だった。彼が走る方向へ、塔が影のごとく倒れていった。いや、そうとばかりいえないのは、塔が倒壊するより先に、砂漠がうねうねと波立って跳ね上がったからだ。塔も、砂漠も、すべてが崩れて入り乱れた。

大丈夫、落ち着こう、と塔の上のほうに立っていた誰かが言った。彼はカメラを持っていた。それが彼の役目だったが、まずはカメラがさらわれ、次に彼の体がさらわれた。皆は見た。ひとりの男の体が地面の奥へさらわれていくのを。それは穴でもなんでもなかったが、真っ二つになった塔の上の部分は砂の裂け目に落下し、塩のように溶けてしまった。

バイクがホテルに着くより先に、砂漠を離れるより先に、男4は背後で砂漠と塔が上下の区別もないまま崩壊するのを見た。続けて男4のバイクも、逃げ道を失ってどこかへ消えた。ホテルにやって来たのは男4でもバイクでもない、風と波だった。ホテルは普段と変わらない眠りを装って、じつは目覚めていた。あるバンガローでは送金の準備の真っ最中、あるバンガローでは呼ばれたら飛び出していく準備の真っ最中だった。そのとき、悲鳴のようなサイレンが続けざまに鳴りはじめた。スピーカーがずたずたに引き裂かれたかのような、身の毛もよだつ音。巨大な波が体を、家を、本を吞み込み、波に驚いた文字は魚のように跳ねた。そうして束の間、すべてが墓場のように停止した。

電気も音も行動もすべてが停まり、動くものはいまや、夜の表情《かお》と騒音のみだった。その夜が、マネージャーの部屋の前へやって来て言った。VIPがいらっしゃいました。

顔を上げたマネージャーの目の前に、それが現れた。招かざるVIPだった。山のような体躯で大洋を踏み台にして立ち上がったそれは、長いあいだ海を漂ってやって来たそれは、マネージャーの前でつと背伸びをするや、そのまま崩れ落ちた。マネージャーは非常階段を目指して走った。だが、地面が踊っていた。マネージャーが足を踏み出すたび、地に足をつけるたび、モーセの奇跡のように地が割れた。割れ目から太い木の根が現れた。そして、そのうちいちばん老齢のものがマネージャーの足首に巻きついた。本来なら何百年もかけて起こるだろうことが一瞬で巻き起こると、たちまち静かになった。

波はごみの島を抱いて砂漠の稜線を越え、村の中心に押し寄せた。他国のごみ、国境を無視して漂っていたごみがムイを襲ったのは深夜三時。ぶくぶくと身を肥やしていくついでに吸収した、太平洋の流れ者たちも一緒だった。ムイが壊滅するまでにかかった時間はわずか四分、奇しくもそれは八月の最初の日曜日だった。一部の人々は予定が早まったものとしか思わず、自分の役割をまっとうした。一部の人々はそれが行事とは無関係であると認識していたが、かといってそれが生き残るのに役立ったわけではなかった。

朝八時、予定の時刻になると、太陽は昨夜を照らし出すかのごとく、地平線から昇ってきた。大勢の人々が砂漠や道路、ホテルやビーチに目を閉じて横たわっていた。公平に。部族の区分もなければ階級の区分、地域の区分もなかった。誰彼かまわずもつれ合い、目を閉じた彼らは口をつぐんでいた。信じがたい光景は、立っている人たちの目をも閉じさせた。

遠目にムイを見下ろせば、どれが人でどれが捨てられたごみなのか見分けがつかないほどだった。最も被害が大きかったのは、最も広いビーチを有していたリゾートホテル一帯だった。幕を開けられなかった台本が数冊、ホテルのそこかしこで風に吹かれていた。風はあたかも、その台本の文字をこすり落とさんとばかりに吹きすさび、波はその台本の文字をかき消さんとばかりに何度でも打ち寄せた。

生存者のほとんどは、マングローブの林から見つかった。目のいい人たちはゆうべ、日没後に多くのワニたちが移動する姿を目撃したかもしれない。ボートの上に載せられた家々が、モーターがあったりなかったりする家々が、税金を払えなかった家々が、ムイに住みながらそれを許されていない家々が、なにより夜が明ければそっくりなくなってしまうだろう家々が、次から次へと海を横切っていく姿を。ワニたちの水上家屋が向かったのはマングローブの林だった。それはヨナのアイディアだった。マングローブの林は多くを包み隠してくれた。

ヨナと別れた夜、ラックは水上家屋へと走った。彼はワニたちに、居住許可は罠で、だから土曜の夜にこっそりマングローブの林に移動するように言った。ラックを疑う人もいた。ラックの言葉を信じない人もいた。しかしラックにとっては、それが自分にできるすべてだった。

ベトナム出張は三日間の予定だった。ラックがその突然の出張を拒めなかったのは、ホーチミンでヨナの帰国を見送ることができるかもしれないと思ったからだ。ラックはぼろぼろになった両親の家のなかをじっと見つめてから、船着き場へ向かった。土曜日の夜、ラックに言われたとおりに動いた者たちもいれば、動けなかった者たちもいた。動くことに決めた水上家屋は、ワニのように深く身を沈めて海を横切った。そして、マングローブの林のなかで夜をしのいだ。彼らは朝の居住許可が危険だということを知っていた。移動したのは、朝方に予定された姑息な計略から逃れるためだったが、朝を待たずして、いかなる区分もなしにすべてが揺さぶられた。津波がムイを揺さぶるあいだ、数百年もちこたえてきた木々は、その根でワニたちをかばった。夜が明けると、ワニたちはその島で生き残った大部分の人となっていた。生き残った人たちには、記憶している台詞がなかった。練習した台詞もなかった。これといったエピソードもなかった。リハーサルも報酬もなかったが、割れた頭から血が流れ出るように、それぞれの物語は海へ流れ出た。

○マングローブの林

北上するもの。
低気圧、梅雨、誰かの訃報。
南下するもの。
ストライキ、ごみ、物語。

物語。

この一週間のあいだに最高速度で移動したのは訃報だった。出棺が終われば効力を失う、消費期限が短いがために迅速なもの。

発信源はムイだった。知っている人より知らない人のほうが多い地名。とある夜の巨大な津波を受け、その地のありとあらゆる暮らしが突然、ぷつ。ぷつ。ぷつ。と途切れた。ムイの浜辺に座礁したごみの島は、てん。てん。てん。と散らばった。難破した船員かなにかのように、韓国語が書かれたプラスチックがその浜辺を転がった。

南海岸を出発したときより膨れ上がったごみの島は、夜のあいだに予想ルートを外れてムイへ向かった。ルートを予測していた人々は、今度はごみの移動ルートをさかのぼりはじめた。だが、そこにはいかなる因果関係も見つからなかった。地球の奥から始まった巨大な風、巨大な流れが、突如ごみの島のルートを変えたとしか説明のしようがなかった。いずれにせよ、他国の浜辺と道路に見慣れたごみが散らばっている風景は、韓国の視線をつかむのにじゅうぶんだった。

砂漠からシンクホールの痕跡を見つけ出す熱心な人たちもいた。専門家たちはこう言った。赤い砂漠の塔の工事を無理に進めたらしく、そのせいでムイの地盤が弱くなったところへ大雨と干ばつが重なり、シンクホール現象を引き起こしたようだと。それは、作家が計画していた読者の反応そのものだった。ところが、シンクホールをシンクホールと感じさせないほど大きな津波が押し寄せたおかげで、作家はそれらの反応をじかに見ることができなかった。彼もまた、五百人を超える死者のうちのひとりだったのだ。彼はムイの船着き場の灰皿の前で見つかった。最後の一服が彼の生死を分けたのかもしれなかった。

作家のかばんから見つかった紙の束は、驚くほど無傷だった。それはファン・ジュンモのシナリオで、八月のムイが背景になっていたことから人々の関心を誘った。八月の最初の日曜日、ムイを襲ったのがシンクホールか津波かという違いがあるだけで、多くの状況が一致していたため、人々にはそれが虚構なのか事実なのか判断がつかなかった。驚くべき生存記録か、ぞっとするような虚構か、ふたつにひとつだろうと思われた。

人々はシナリオのなかの韓国人女性に注目した。名前はコ・ヨナ。客地で災害に巻き込まれて死んだ旅行会社の社員。韓国人女性の所持品がいくつか、倒壊したリゾートホテルのなかから見つかったことで、シナリオへの関心はさらに高まった。ヨナとおぼしき死体はまだ発見されていなかったが、なかにはそのシナリオを手に入れてほかの登場人物を捜す人もいた。

ジャングルではコ・ヨナについての問い合わせが増えた。たいていはマスコミからの電話だった。後任者は顔もうろ覚えでしかない前任者を思い出すのに苦労し、どう答えれば正解に近づくのか見当がつかなかった。やはり彼らが聞きたがっているのはプライベートではないかと、人々は言った。だが、後任者はヨナのプライベートなど知らなかった。公私を分けない会社として有名だったにもかかわらず、後任者はヨナに関するエピソードをたいして知らなかった。コ・ヨナは痕跡を残したがらない人だったか、すでに忘れられた人に違いなかった。ヨナに関して少しでも知っている人たちがひとことずつ言葉を添えることで、いくつかのエピソードが公開された。ヨナが一・五足の靴を失くした話もあれば、張りきって取り組んでいたプロジェクトを外され、ここのところ残念がっていたという話もあった。旅先で道に迷ったという話もあった。自分から旅先に残ると言い出したという話もあった。ヨナが生きていたとしても憶えていないだろう逸話もあれば、実話ではないものもあった。

ヨナの後任者は、消費期限の短い訃報と同じ扱い方でムイのプロジェクトを指揮した。ヨナのメールを開くのは難しくなかった。そのプランはなんとかソウルまで届き、それはヨナが作ったツアープログラムのなかで最もダイナミックだった。当然、プログラムには少し手を加える必要があった。すでに火山と温泉、砂漠のシンクホールは壊滅していたため、プログラムには新しい名物が必要だった。それを代表するもののひとつが、赤い砂漠の真っ二つの塔だった。ポールの塔は津波で真っ二つに折れてしまったのだが、その断面にはなぜか、巨大な木が鳥の巣のようにめり込んでいた。その一帯によくある絞め殺しの木で、木の根が無傷のままがっしりと塔を締め付けているために、かなり見応えのある風景となっていた。まるで、塔が木の新たな宿主になったかのようだった。その風景が広報物の表紙を飾った。

この写真がムイの惨事を伝える代表的なイメージとして広まった一方で、ムイではその塔の撤去を巡って議論が続いていた。ムイは災害克服プログラムの恩恵を受けることになったのだが、塔についてはなかなか意見がまとまらなかった。ある人々は、それが視覚的にもすばらしい教訓になると言い、またある人々は、つらい記憶だから早く撤去すべきだと言った。論争のなか、塔と木は季節をひとつまたぐまで不安な同居を続けた。

ムイの惨事が完全に忘れられないうちに、そして、まだ真っ二つの塔がそこにあるうちに、旅行が解禁となった。折しもムイは乾期に入り、旅行するにはもってこいだった。人々はそれぞれ、教訓や衝撃、奉仕や安堵のためにムイへやって来た。配られた旅のしおりのみっつめの章には、出張中に最期を迎えた旅行プログラマーの名前とエピソードが載っていた。ヨナの名前は、広報になくてはならないほど絶大な効果をもたらした。ガイドのルーがコ・ヨナとファン・ジュンモについての回顧録を出版し、広報に一役買った。

夜明けが近づくと、マングローブの林一帯には、朝陽より早くカメラが陣取った。巨大な津波から生き残ったマングローブの生命力は、旅行客に敬意を抱かせた。そこに停泊した水上家屋は、もう移動しようとしなかった。ある者は、大きな本を手に水上家屋の前に座っていた。本は人々から自分の顔を護る盾でもあり、その表紙にはコ・ヨナという名前があった。旅行客たちはその人の後ろに回って、本の内容を確かめることができた。見開きになった本の片面には大きなカメラの絵、もう片面にはドルの表示があった。一部の人は一ドルを払って、本を読む人の写真を撮った。

ラックもまた生存者のひとりだった。ラックはムイを離れていたため、八月の最初の日曜日を免れることができた。だがムイに戻った彼は、ヨナが無事韓国に戻れなかったという事実を知り、愕然とした。ホーチミンでヨナに会えなかったのは、日程に小さな狂いが生じたものと信じていたのだ。だがラックは、冷たい軀《むくろ》となったヨナを見つけた。ラックは海に向かって雄たけびを上げた。よろめいた。一部の人々は彼こそがラックなのだとどこかで知り、わざわざ訪ねてきた。彼から話を聞きたがった。彼を撮りたがった。カメラや録音機を突きつける人もいた。

「彼女のスカートのすそが風にひらめいたんです。赤いスカートでした。彼女が塔の中間辺りまでのぼったとき、石の隙間からその赤いスカートが、信号が灯るみたいにさっと点いて消えたんです。くらくらしました。それが僕たちの始まりでした」

それはファンのシナリオに書かれていたラックの台詞だった。人々はラックにそういう言葉を期待したのかもしれないが、ラックは無言だった。ラックの沈黙にもかかわらず人々が諦めきれなかったのは、ヨナの遺品であるカメラから復元した写真ファイルのためだった。一枚はピントの外れたラックの写真。もう一枚はボートに横たわるラックとヨナの写真。それらの写真ファイルは、ファンのシナリオを一概に虚構とはいえないという見方を生んだ。その写真を正面から見ることができなかったのは、ラックただひとりだった。

「コ・ヨナさんとどういう関係だったんですか？　恋人だったんでしょうか？」

人々が訊いた。

「事件が起きる前、最後に彼女に会ったのはいつですか？」

「コ・ヨナさんの遺体がどこにあるのか、思い当たる場所はありますか？」

「例の記録によれば、あなたとコ・ヨナさんは現地で恋人になられたとか？」

質問はぶしつけで、ありきたりだった。だが、頻度と厚かましさはしだいに漠然としてきた。押し黙っているラックに、人々はついにこんな質問まで投げた。

「コ・ヨナさんをご存じですか？」

ラックは平然とした声で答えた。

「知りません」

そうして人々に背を向けた。嘘だけがラックを救えた。

「隠れられそうなのはあの林くらいだと思うの。マングローブの林」

ヨナがワニたちのために考え出したその空間が、いまとなっては死んだヨナが隠れられる唯一の場所となった。

以前よりもう少し陸地に近づいた海に向かって、ラックは歩いた。彼方に見える、風がさらっていった砂の痕跡が彼女の肌に似ているようだと思いながら、そして、彼女の体も彼女の物語も決して奴らに渡してなるものかと思いながら、ラックはそうして海へ向かった。彼女の母国から流れ着いたものが、まだ浜辺に散らばっていた。ラックに読める言葉もまれにあれば、読めない言葉もあった。ラックはマングローブの林の奥へ入っていった。誰も追ってこられないほど奥へ。カメラのシャッター音も、どんな新聞も、どんなニュースも追ってこられないほど細い通り道へ。その道をさかのぼっているあいだ、ラックの頭のなかで誰も確かめることのできない星々が瞬いては消え、また瞬いては消えてをくり返した。

背後のどこかで、塔を取り壊す音が聞こえはじめた。風で時計の振り子のように揺れることさえなければ、木は永遠にそこに掛かっていたかもしれない。とうとう木を塔から下ろすことで意見がまとまり、塔そのものも撤去された。悩んだ時間は数ヵ月に及んだものの、木を下ろすのには十分もかからなかった。塔と木のあいだから、数体の遺体が熟れた果実のようにぽとぽとと落ちた。だが、そこにもヨナはいなかった。

著者あとがき

文章を書いているあいだ、ある浮ついた感情にとらわれることもあるのだけれど、その感情を説明するのにぴったりなのは、やはり温度だ。その感情はちょうどいい温かさでどこか気だるく、そのためわたしに、一種光合成のような効果をもたらす。カフェでわたしが選ぶのは、壁を背に遠くから一面のガラス窓を眺める、日向よりは日陰に近い席であることがほとんどなのに、不思議にも文章を書くときは、体中の皮膚が太陽熱の集熱板になったような気分だ。

皮膚が太陽熱の集熱板になると、この世界には刺激しかなく、無関係なものもなくなる。かつてわたしは、甲殻類の丈夫な外皮を夢見ながら文を書きはじめた。それは、外皮の奥に隠れて適度に鈍感になりたかったからなのだけれど、書くうちにむしろその反対になってしまった。文字どおり、一切の保護膜をまとわず、ぽつんと佇む太陽熱の集熱板。つまりわたしは、外皮の奥に入ったのではなく、外皮そのものになったのだ。

『夜間旅行者』を書いているあいだ、二度、あるいは三度ほど季節が移ろった。その間にすれ違った、数々の〝人生の旅行者たち〟に感謝を伝えたい。

二〇一三年十月

ユン・ゴウン

訳者あとがき

『夜間旅行者』(原題밤의 여행자들)は、災害の跡地を巡る観光ツアー専門旅行会社でプログラマーとして働くヨナが、砂漠のシンクホールを訪れて新たな災害に巻き込まれる物語だ。英訳本は二〇二一年七月、英国推理作家協会(CWA)賞で最優秀翻訳小説賞(トランスレーション・ダガー)を受賞している。アジアの作家でこの賞を受賞したのはユン・ゴウンが初めてだ。そこでは本作について、「韓国からやって来たひじょうに興味深いエコ・スリラーで、辛らつなユーモアで肥大化した資本主義の危うさを告発する作品」と評された。本書の英訳版が出て以降、米誌『タイム』では「二〇二〇年八月の必読図書十二冊」に選ばれ、英紙『ガーディアン』では「気候変動と世界の資本主義の関係に改めて照明を当てる興味深いエコ・スリラー」と評された。

本書はユン・ゴウンの日本初上陸作であるため、著者の経歴についても少し触れておきたい。著者ユン・ゴウンは一九八〇年にソウルに生を受けた。東国大学文芸創作学科に在学中の二〇〇四年に大山大学文学賞を受賞し、その後二〇〇八年に長篇『無重力症候群』でハンギョレ文学賞、二〇一一年に「海馬、飛ぶ」で李孝石文学賞を受賞。これまでに長篇小説、短篇集、エッセイ集を出すかたわら、「ユン・ゴウンのebsブックカフェ」でラジオパーソナリティも務める。好きな作家にフランスのマルタン・パージュを挙げている。

ではここで、改めて本書のあらすじについてもう少し詳しく述べてみよう。主人公ヨナが勤める旅行会社ジャングルでは百五十を超える災害ツアー商品を扱っている。その会社のプログラマーであるヨナは、災害を商品価値として見ることに慣れ、常により刺激的でより反響を呼びそうな災害オプションを探してきた。だがあるときから、自分は会社のなかで降格したのではないかと思わされる出来事が立て続けに起こる。そんななか、上司の提案で自社の災害ツアーの査定に行くことになり、そこで災害を人為的に起こしてみないかという提案を受けるのだが……。

続きは本書を読んでいただくとして、翻訳に携わりながら感じた本作の魅力についても少しお話ししたい。ネタバレになってしまう部分もあるので、一から自分で読み解きたいという方は後回しにしていただきたい。

まず、最優秀翻訳小説賞という賞を受けながら、著者自身もこの作品が推理小説なのかスリラーなのか、はたまたミステリなのか、これまで様々なジャンルの賞にノミネートされたことに驚いたと言う。訳者であるわたしもまた、一読した際にはどう捉えていいのか戸惑ったのも束の間、読み返してみるとジャンルなどどうでもよくなり、なによりその伏線回収の手際のよさに唸らされた。まず冒頭に、災害によって生まれた漂流ごみの話があり、それは物語の終盤で思わぬ移動ルートを見せる。ごみとはすでに使い終わったもの、人々が遠ざけようとするもの、と同時に災害の痕跡として人々の見世物になるものでもある。そして、この「ごみ」と度々イメージが重なってしまうのが主人公ヨナである。「運命を分かつのは一瞬の判断」（二二頁）だとヨナはわかっているが、ごみに意思がないように、ジャングルの社員として追い詰められた立場にあるヨナにも選択の余地はない。「いま自分の身に起こっているのが災害」（二三頁）だと薄々気づきつつも、ヨナは日常の災害から、人的な災害の企図を経て、「生と死」の「ふるいにかけられる」（一二二頁）真の災害へと足を踏み入れることになる。

あとから背筋が寒くなった仕掛けとしては「サンキュー・ティーチャー」や「削除」、「停止」、「役目」、そしてもちろん、明らかに資本主義を象徴するものとしての不気味な存在「パウル／ポール／Paul」などのキーワードや共通するイメージの単語がちりばめられている。

それにしても、ヨナはなぜ「災害」に見舞われなければならなかったのか。ヨナの善行として見当たるものは、一、一緒に行こうとしていた人が死んだという男の旅行をキャンセル処理してあげた、二、上司に駒として利用され退職した前任者のイメージを傷つけないよう配慮した、そして唯一の自分の意思による行動――三、「ワニたち」を守った、ということ。逆に言えば、これらを除けばヨナの行動に人間らしさを感じる部分はほとんどなく（作中、大虐殺を食い止めようとヨナの部屋を訪れる「女」や、「もう一方のヨナ」などはヨナの最後の良心とも読めそうだ）、一方では、ヨナに感情が生まれ、初めて自由意思を貫いたからこそ悲劇を迎えたとも受け取れる。この物語を読んで、わたしたちは自分たちが属する社会、主義、世界の非情さを改めて見つめ直すことになる。

終盤、追い詰められたヨナは、自分の恐れるものが見えるという絞め殺しの木の下で「半足ぶんの靴」や「ヨナ自身」を見る。それらはきっかけであったかもしれず、運命の分かれ目であったのかもしれない。物語は結局、「韓国の視線をつかむのにじゅうぶん」（二〇八頁）な観光地となったムイの風景とともに終わりを迎える。ヨナとムイには「落ち目」という共通項があったのだが、ヨナが「ムイと必要以上に親密になってしまった」（一七六頁）がために、両者は相反する皮肉な結末を迎える。

また、本あるいは文章と、作中に登場するシナリオとの関係性もおもしろい。休息として与えられた旅行が「読点ではなく、句点」（三一頁）となるという表現や、「空に文字が並んでいるように見え」「それが本当に文字なら、読者はヨナのほうではないということだった」（一八四頁）などの立場逆転の発想は、文章を綴ることに真摯に向き合う著者ならではのユニークなものではないだろうか。

資本主義社会を生きることに慣れきったわたしたちは誰もが、「みずから手を下すのではないというだけの理由で」（一七二頁）現状維持に終始し、自身の傍観が及ぼす影響について「鈍感になって」いる（一七二頁）。これほど恐ろしい悪夢がどこにあるだろう。その悪夢から目覚めると同時に、ヨナの肉体は皮肉にも目を閉じる。

目を閉じるしかなかった、あるいはようやく目を閉じたヨナは、いまごろ安らかな夜を迎えているだろうか。

そしてわたしたちは、新しい旅に出る勇気を持てるだろうか。

二〇二三年　星の瞬く夜に

HAYAKAWA POCKET MYSTERY BOOKS No. 1996

姜《カン》 芳《バン》 華《ファ》

岡山県倉敷市生まれ
訳書
『地球の果ての温室で』キム・チョヨプ
『千個の青』チョン・ソンラン
『種の起源』チョン・ユジョン（以上早川書房刊）
『ホール』ピョン・ヘヨン
『夏のヴィラ』『惨憺たる光』ペク・スリン
『長い長い夜』ルリ
『氷の木の森』ハ・ジウン
共訳書『わたしたちが光の速さで進めないなら』
キム・チョヨプ（早川書房刊）など

この本の型は、縦18.4センチ、横10.6センチのポケット・ブック判です。

〔夜間旅行者《やかんりよこうしや》〕

2023年10月10日印刷　　2023年10月15日発行

著　者　ユン・ゴウン
訳　者　カン・バンファ
発行者　早川　浩
印刷所　星野精版印刷株式会社
表紙印刷　株式会社文化カラー印刷
製本所　株式会社明光社

発行所　株式会社　早川書房
東京都千代田区神田多町2－2
電話　03-3252-3111
振替　00160-3-47799
https://www.hayakawa-online.co.jp

（乱丁・落丁本は小社制作部宛お送り下さい
送料小社負担にてお取りかえいたします）

ISBN978-4-15-001996-9 C0297
Printed and bound in Japan